少功六短篇

少功六短篇

韩少功 著

海豚出版社

图书在版编目（CIP）数据

少功六短篇 / 韩少功著. —北京：海豚出版社，2016.6（2024.4重印）
（短篇经典文库）

ISBN 978-7-5110-3296-6

Ⅰ. ①少… Ⅱ. ①韩… Ⅲ. ①短篇小说 – 小说集 – 中国 – 当代 Ⅳ. ①I247.7

中国版本图书馆CIP数据核字（2016）第103938号

总发行人：王　磊
策　　划：林建法
责任编辑：朱敬利
美术编辑：杨小洲　闫　鸽
责任印制：蔡　丽

出　版：海豚出版社
地　址：北京市西城区百万庄大街24号
邮　编：100037
电　话：010-68325006（销售）　010-68996147（总编室）
印　刷：涿州市荣升新创印刷有限公司
经　销：全国新华书店及各大网络书店
开　本：32开（787毫米×1092毫米）
印　张：6.25
字　数：75千
版　次：2016年12月第1版，2024年4月第3次印刷
标准书号：ISBN 978-7-5110-3296-6
定　价：59.00元

版权所有　侵权必究

目　录

1　　鞋　癣
48　　鼻　血
72　　第四十三页
107　　归去来
135　　领袖之死
158　　怒目金刚

鞋 癖

一

妈妈说,父亲理发去了。

妈妈说这话的时候是二十多年前。

初秋的一天,天气很热,夏天还晾在金光灼灼的窗户上。我想象那天父亲照例把衣领整理得十分逻辑与理性,十分合乎社会公德,与守门人谈了几句关于修理自来水管的话,然后踏着地上老槐树的白色花瓣,从容地朝着阳光迎面闯过去了。

派出所接到了寻人的申报,但一连数天没给任何消息。妈妈便自己去寻找,搜寻一切不怀好意的地方,比方铁轨或水井。我想象她找到了不少陌生的面孔，有的挂着漂亮的耳环，有的嘴里镶了金牙，有的脸上凝固某种对邻居或亲人的愤愤不已，但他们都很陌生，不是妈妈搜寻的目标。那是一个人口突然减少的季节，不是因为战争，也没有瘟疫，而是一场政治风暴袭来——而这场风暴将来终究会被遗忘或者误忆。

人们兴高采烈地竞相揭发和游行，连我也同样处于激动和亢奋之中，以至于我父亲去理发的那一天，我居然不在家，一连数天在外地享受革命学生的免费旅行，到处观看大字报和标语。

看见母亲每天傍晚怏怏地空手归来，父亲单位上好些面孔总浮出一丝胜券在握的微笑。其实，他们在我父亲办公室的抽屉里找到了遗书，遗书说他有罪，是反党反社会主义的罪人，说他希望家属子女都与他决裂，永远忠于革命等等。他死到临头还那样语词简洁语法严谨标点准确。但那样一张纸，哄得过那些经常做体操又经常吃补药的同事吗？那些我一直称为伯伯阿姨的面孔，都满脸深刻、机警、大智大慧，竞相把每一声咳嗽都制作得底气十足老沉练达和意味无穷。他们轮番来启发我们全家：你父亲的哲学课和语法课都讲得很好，这样个聪明人怎么会自杀呢？怎么可能自杀呢？不不不，你们得仔细想一想，再想一想，他不可能到什么朋友那里去了吗？比方说，在美国或者台湾是不是有朋友？……

这样启发的时候，伯伯们和阿姨们总是对我和善地微笑，期待着我热泪盈眶，然后勇敢坦白与父亲的合谋。

妈妈惊恐地叫起来："不会的，他只拿走了四毛钱，他绝不可能叛党叛国……"

"为什么总没找到尸体呢？"

"活要见人死要见尸吧？"

"他难道蒸发了不成？"

他们一针见血。

尸体便成为了一个问题。没有它，悬案就没有结论，我们就摆脱不了同案合谋的嫌疑,就得永远被警觉的目光照顾,就一天也少不了听那些令我们心虚气短的咳嗽。从门外那些脸色看来,很多人在摩拳擦掌地等待,看吧,好戏还在后头,真相总要大白,事实一定胜于雄辩。这使我们突然明白,对于我们来说,父亲活着不会比死去更好。

妈妈整个人瘦了一大圈,急得太阳穴深深地坍塌下去,哭泣时一丝丝晶亮的鼻涕被揪甩出来。"人又不是一根针。一根针也可以找到了。这么大一个人怎么就找不到了呢?你就是上了天入了地也得留个影子吧?"

她诅咒父亲:"你好蠢,好蠢呀。你要死,就干干脆脆去死,明明白白地死呵。儿女都小,你不要糟践他们呀,不要拖累他们呀。这院子里有井,家里有电线,街上有汽车,药店里有安眠药,哪里不能死呢?……"

我也在偷偷思忖:父亲可千万别还活着呵——虽然这种闪念使我深深惊恐,自觉大逆不道而且残忍。

妈妈的哭泣没有使门外的面孔们释疑。他们仍然沉着地看报纸和熬药，沉着地扫地和洗衣，乘凉时把蚊虫拍打得叭叭响，且看这妇人如何再表演下去。在我听来，那夜里此起彼落的叭叭叭，似乎是欢呼新生活开始的从容鼓掌。

妈妈开始了一个更为宏大的寻找计划。她拉上姑姑，每天早晨带上干粮和水，带上遮阳的草帽和蒲扇，两人手挽着手坚定出发。我在家里做饭，等待她们回来。在我几乎绝望以后的那一天，妈妈静静地出现在门口，头一昂，眼里闪耀异样的光辉。左邻右舍也闻风涌入我家，挤得椅子吱吱嘎嘎移动。"找到了吗？""找到了吗？"……所有的目光都投向我妈。她头一扭，根本不理睬这些家伙。姑姑则小心地说，她们在湘江下游十几公里处的地方，访到了一位农妇。农妇说一个多月前岸边曾漂来一具男尸。妈妈与姑姑随着农妇的引导，找到了河滩上一个临时坟堆。一时找不到工具，两人就用手指去抠。不过几分钟,妈妈就抠到了泥土下一个她所熟悉的衣角,还抠到了一张满是泥巴的嘴——我想象,那个男人曾恨恨地把这个世界咬了一口?

"怎么断定就是他呢?"一位阿姨不甘心没有来自美国或台湾的电报。

母亲神色激动地宣布,断什么定?有他的鞋子,有合得上的时间,有当地派出所拍下的照片,还有他的羊毛背心……还有什么屁放吗?他死了!死了!

妈妈的鞋子糊满黄尘,成了个泥壳,右边一只鞋已前头开花,露出了大趾头。她用胜利者的眼光扫视那些面孔,看他们如何躲躲闪闪地表示信任,表示理解,表示迟到的同情,看他们等候多时之后沮丧而乏味的支支吾吾。妈妈赢了。

大姐哭起来了。

大哥哭起来了。

妈妈也哭了。我们全家有了理直气壮哭泣的权利。我们哭得如释重负安心落意乃至有些兴高采烈——哭声是确证父亲已经死亡的凯旋与庆祝。

但父亲永远不再有了。他消失于一九六六年九月二十七日。这就是说，我们吃早饭的时候，他不再有了。我们吃中饭的时候，他不再有了。我们吃晚饭的时候，他不再有了。我们吃完饭洗碗的时候，他不再有了。我们洗完碗喝茶的时候，他不再有了。我们边喝茶边谈论天气或谈论邻居或谈论政治的时候，他不再有了。我们上厕所或去浴室的时候，他不再有了。在我们的一切时刻，他不再有了。

二

父亲是否真正死了，其实我总是疑惑。

他不再有了，不再在我面前语法严谨地阐述党报社论以及谴责自己的过错，但他就不可能在别的一扇窗子后凝望？或在远方的一条街道上行走吗？不在并不一定是消失。

以前他出去讲课，开会，下乡支农，都不在我面前，没有什么奇怪。"不在"为什么就必定是"死去"？一九八八年，我乘船渡海迁居海南岛的时候，一九九一年我乘机飞离国门看窗外大地唰唰唰滑落的时候，还在困惑于这个问题。似乎我在轮船和飞机指向的前方，还可以找到一个熟悉的身影。

如果不是因为害怕和慌乱，当时我应该跟着母亲和姑姑去河滩上迁坟。那样我可以找到更多的根据，证明陌生河滩上的陌生死者，并非我父亲。

派出所提供的照片，只是一个模模糊糊的肉球，光滑闪亮，膨大松泡，除了眼角一条皱纹有点儿让我眼熟，那肉球与父亲面容并无太多相似，很有假冒之嫌。大姐还告诉我，死者身上的毛线背心也不大像母亲所为。母亲的针线要粗得多，织出的男式背心不应该是那种麻色，应该是一种浅灰色。

是的，我也记得是浅灰色，浅灰色的毛线背心到哪里去了？

我仍能嗅到父亲的气息,是他柔软腹部渗出来的温鲜,是他腋下和胸口汗渍的微酸,还有刮过胡子以后五洲牌药皂的余香——妈妈常要他用这种药皂,防治他的神经性皮炎。这种气息来自那一个晚上,当时我跟着他假期支农后刚刚回家,睡在一只竹床上。我醒了,背上很痒很舒服。我发现他正用蒲扇驱赶蚊子,轻轻抚摸我光溜溜的背脊,小心剔着我背上暴晒后脱落的皮膜,似乎在对妈妈说话又像是在自言自语:"毛佗真是长大了,十三岁的人就能挑一百二十斤红薯了。一百二十斤红薯,我看了秤,真是一百二十斤……"

我惊异万分,父亲居然能像其他人的父亲一样,对我有如此亲昵的举动。他平时为什么总是端着一脸严肃,总是离我远远的?

他又说:"毛佗也懂礼貌多了。那天吃饭,他在老乡面前还能讲讲客气,说老乡烧菜身手不凡,每一样菜都余味无穷,嘿嘿,余味无穷……"

这是我在农民家吃饭时耍弄初中生的文雅，好容易才憋出来的一句，并无什么幽默和别致。父亲也许觉得儿子的表现未受到旁人的重视，后来转弯抹角一再重提了三次。可惜人们仍没有什么反应，叽叽喳喳说着什么谷子和天气。他大概一直为此事遗憾。

我仍然闭眼装睡，希望时间慢慢走。我装着不经意地翻身希望时间慢慢地走，我装着睡意正浓连嘴都忘记合上希望时间慢慢地走。我害怕他略略粗糙的指头，停止——在我背上的抚摸。

我忍住了鼻酸。

他是个谨小慎微的人，甚至对自己的子女也软弱。有一次他午睡了，我们几个小把戏愤恨他未能带我们去游泳，悄悄偷走了他的眼镜和香烟，在他头上扎了个冲天小辫，在小辫上挂了些草须。他迷迷糊糊醒来，也没照镜子便出门上班去了。他肯定被同事们哄笑，也忍受着没有眼镜和香烟的苦难，但他回来只是咕哝两句"没名堂"，便算事情了结。我们这才一个个从桌子下或柜子后钻出来。

我还记得,有一天他骑车回家时摔了一跤,右脚被一块破瓷片划了道大口子,血涌如注。路上围了一圈闲人观看。他躺在地上,看见我哥哥挎着书包放学回家,也挤进人群看了看。不知为什么,哥哥没有任何表情和举动,又退出人群自个儿走了。父亲被别人搀着回家,后来向妈妈偷偷说起这事,显得十分伤心。"没名堂,这没天良的,他就自己走了。"但他仍对我哥宠爱有加,尤其对大儿子的作文十分得意;与客人谈话,总是处心积虑地要把话题绕到作文这方面来,然后极为谦虚地提到儿子的作文获奖,说这小家伙生性愚鲁承蒙错爱枉担虚名等等。那时候他满面红光,大呼大唤地要喝酒。

全国闹饥荒的那些年,他患水肿病,双脚肿得又白又大,经常气喘吁吁,一坐下去就怎么也站不起来。但他把单位照顾他的一点儿黄豆和白面，全让给孩子们吃。假期他还抢先报名，去农村参加劳动，然后带着阳光烧烤出来的一身黑皮，带着手上和腿上很多虫咬草割的血痕，疲惫不堪地回家。家里一大堆南瓜和冬瓜，或者红薯和土豆，通常是支农者的收获。在这个时候，他躺在一边喘息，微笑着享受儿女们回家时的欢呼雀跃。

他常常有些头晕，身体不大好。妈妈便给他买了一个很大的牛肉罐头，但他舍不得吃，说过节时大家一起吃。他把它放在柜子上，像供了一座菩萨，让我们充满幻想和兴奋地把它景仰了两个月。其实，这个罐头谁也没吃上。有一个贼来到家里，把罐头拿走了。妈妈气得火冒三丈，骂过了贼就骂他，骂到恼恨处，连他哪次掉了几块钱，哪次让邻居占了我家的便宜，连同他出身地主以至于祸及子孙等等我们还不太懂的事，也一股脑儿骂将过去。

他坐在门外，默不吭声。

他没有吃饭，走了。后来那半个月里他一下班就深入街头巷尾，想找回牛肉罐头。也真是巧，他居然找到了贼，是在派出所的办公室里——小偷在另一次作案时被发现，由别人扭送到派出所。

当然，罐头早被吃掉，连罐头盒也无影无踪。父亲不但没有要求赔偿，连骂都没有骂一句，看到盗贼不过是一个无衣无食的穷人，还往对方手里塞了点儿钱。

他从没在家里说过这件事。我是后来从邻家孩子那里知道的。

三

也许，那个夏夜里的父亲预感到厄运来临，预感到自己将要去理发，将要朝着阳光迎面闯过去，才给我留下了史无前例的抚摸。他照例不会说什么。这已经足够。这短短的一刻的抚摸已足使我记住他的气息，足使我凭借这种气息去寻找浅灰色毛线背心。

他知道他的毛佗能挑一百二十斤重的红薯了，他看过秤的。他知道我是他的儿子，如今已经长大成人。即使世界上所有的人都忘却了他，儿子还是能找到他。他对此完全胸有成竹。

我找出各种借口出门去，比方去看游行什么的。我狗一般地四处乱窜，有时在某条街上接连着来回一二十趟，却不知道应该干什么。据实而言，我怕见到同学，怕见到邻居以及任何熟人，只能专走偏僻的小街小巷。有时候从热闹的大街一拐进偏僻小巷，就如笼鸟归山心花怒放，有一种脱离危险地区的放松。因为在这种小巷里，人们不大可能认识我，不大可能辨认出我满脸的耻辱。他们更不会像学校里的那些红卫兵，贴出"老子反动儿混蛋"一类标语，把住教室的大门，只容革命家庭的子弟通过，让我们这些所谓狗崽子跳窗子或钻墙洞，在他们的哄笑中滚他妈的蛋。

我到处寻找，追上每一个形似父亲的

背影,看他们的面孔是不是能让我惊喜。我去过父亲经常出入的书店、剧院、图书馆、邮电局以及西餐厅,看熙熙攘攘的人流里,是否有什么奇迹发生。我还去过郊区,想找到父亲说过的一个小屋。他说那小屋依山傍水,门前有两棵高大的梧桐树,还有一个葡萄架,有葡萄架下竹制的桌椅。还记得他说过,小屋的主人姓王,用石头垒墙,用石板铺地,家具都是用粗大的原木随意打成,几橱好书涉及古今中外,一个装酒的葫芦和一个大嘴的陶质猪娃,给他印象特别深刻。他说他走遍大江南北,就发现了那个神仙的去处,真想自己一辈子都住在那里。

他现在是不是隐居在那个石墙石地的小屋?如果是的话,我该去哪里寻找它?半个月下来,我找遍了南郊与北郊,东郊与西郊,几乎一切依山傍水的地方都没放过。有时候我觉得目标已经逼近,觉得自己被一双隐藏着的眼睛盯着,甚至感到父亲的气息就弥漫在某个门口,或某个墙根,或某个小道。就是说，他来过这里，或者说刚才还在这里。只是我猛一回头，他就闪身离开或弯腰躲藏，不让我识破他布下的迷局。

有一天在渡河码头，我发现人海中有一条身影极像他，也是花白的鬓发和宽阔的肩膀。我跑过去，但要命的人影一头扎进了公共汽车。

我应该喊他吗？应该喊他爸爸吗？我稍一犹豫，汽车就慌慌地开走了。

"您看清刚才喝茶的那个人了吗？"我问一个摆茶摊的老汉，"他穿着什么样的鞋？多大的年纪？是不是有点像我……"

老汉缓缓地仰起头来，黑洞洞的嘴巴大张却迟迟未发出声音。他的牙齿稀疏，牙缝宽松，残牙像几根生锈的小铁钉。

"老大爷，您看清刚才喝茶的那个人了吗？"

"河里涨水哩，伢子。"

我不明白他的意思。

"河里涨水啦，晓得吗？"他意味深长

地盯了我一眼,缓缓落下宽大的眼皮。

也许这是一句永难测解的谜语。

他是洞悉我父亲一切的,只是冷冷地不愿告诉我。

我后来把这事告诉了妈妈。她惊愕地拉长脸:"哪么可能?迳讲。你爸爸只怕已经骨头化水了。他是我一把泥一把沙从河滩上抠出来的,我眼睛瞎了吗?"

"那么,浅灰色的毛线背心呢?"

"背心?"

"是呵,浅灰色的毛线背心,为什么对不上?为什么变成麻色?"我像当初伯伯阿姨们那样稳操胜券,把她一语问住。

河里涨水啦。她不能回答这个问题。问多了,她还对我的固执有些烦恼,直催我赶快去睡觉。她说可能是麻色的,可能是灰色的,可能是草色的,她都被我们弄糊涂了。不过这根本不要紧。要紧的是赶快扎鞋底,我的一只鞋已经掉了跟,得赶快做一双新鞋。

每天睡觉前,她常有的仪式就是把衣

袋里所有小硬币都搜索出来，几个一叠几个一叠地排列在桌上，宣布它们明日各自的重任："这是买豆腐的；这是买小菜的；这是买火柴的……"（但几年后有一次我偶然发现她怀里竟揣着一扎两千多元的钞票！却不知那些钱来自何处。）显然，这里没有买鞋的钱。她从此特别热心做鞋，扎的鞋底也特别硬，做的鞋子也特别多，一双一双我们根本穿不过来。她把细线搓成粗线，常叫我帮忙牵牵线头。她用米汤糊裱鞋面，剪下的黑色鞋面晒在窗台上，像停栖着许多乌鸦。

为了省钱，她不光做鞋，还做衣，织帽子和围巾，把乘车改成走路，把买报改成借报，做菜时多放盐少放油，还向机关退掉了一间租房。在更加拥挤的房间里，我取代父亲的位置与母亲同睡一床。我曾经在小说《女女女》中提到过，我当时常常很懂事地把妈妈的脚抱紧，让她感受到儿子的安慰。她的脚干缩，清凉，像两块干冬笋，大趾头被鞋子挤压得向横里长，侧骨便奇特地向外凸突许多。记得在很小的时候，我经常追着这双脚打转转，有一次顺着它仰头朝上看，还看见她裤子上一块暗红色的血迹——后来才知道那是女人的月经。我不知道这种回忆是让我恶心还是让我同情，也不知道为什么儿子不愿意把母亲当着一个普通女人来想象，比方说把她想象成一个有月经的女人，有性爱的女人，有过花前月下眉来眼去的女人。儿子也不愿意把父亲当着一个普通男人甚至一个卑俗的男人来想象，比方想象他拉屎拉尿，想象他偶尔暗生淫念，想象他大祸临头时见死不救只顾自己逃命，想象他为了讨好上司而不惜摧眉折腰，甚至口是心非出卖朋友……而这一切都可能吗？经验总是残酷地告诉我们，这都是可能的。尤其几年来父亲与母亲多了许多鬼鬼祟祟的嘀咕之后，我朦胧感觉他们有许多不可告人的东西。

　　但他们仍然是我的父母，我没法不爱他们。我没法不爱他们尽管他们曾经拉屎拉尿甚至暗生淫念甚至见死不救甚至摧眉折腰，我没法不爱他们尽管他们卑俗我也卑俗而且我的后代也可能卑俗,但我没法不爱他们,我的亲人。我把妈妈的脚紧紧抱住,让这两块清凉的干笋在我胸口慢慢温暖起来。我还想抱住父亲的脚,但我只能搂来虚空。

我渐渐听到了妈妈的鼾声。我从未听过妈妈打鼾,以为女人都美丽得不会有鼾。没想到母亲的鼾声居然很粗,居然呼噜呼噜地响亮,还有点儿安心落意的轻松和放肆,不能不使我大失所望。

我睡不着,总是睡不着,一次次被时钟敲打声抛弃在清醒之中。我等待家里那张空空的藤椅发出咯嘎的声响——父亲以前经常坐的藤椅。

藤椅经常无端发声,是什么意思?家里这些天来还有其他异兆,比方说有一天夜里,橱柜里哗啦一声惊天动地,妈妈去看,是父亲以前吃饭的那只蓝花瓷碗无端破裂了。上边的碗未破,下边的碗未破,独独是这只破了,而且破得十分彻底,炸裂成一堆碎片。这又是什么意思?

我还不无恐惧地渴望某种电话铃声。宿舍楼道里有公用电话,昨天我去接过一次电话,话筒里传出一缕一缕沙哑的男声,完全听不清楚,不知电话线那一端是什么人,不知话筒里逼人的寒气是否来自地府阴间。我吓了一跳。事后传达室的阿姨说,可能是电话局出了毛病。但如果是电话局的问题,为什么其他人用这个电话时却完好如常?为什么阿姨说过这话以后神色慌乱地去掩门和东张西望?为什么这个沙哑声一再被我听到?是的,我不会轻易受骗。我相信,沙哑声一定来自一个想同我说话又怕我辨出声音的人,而这个人必定还会再一次来找我。

我又隐隐嗅到了某种气息,是一个人头发里五洲牌药皂的余香。

"还没有睡着?"

妈妈发现我翻身。

我说有点儿热。

她叫我去洗个脸,或者把被子踢散一些。

我去公共卫生间里洗了个澡,不经意地把半盆剩水朝墙上泼去。突然,在回首的那一刻,似乎是我惊叫了一声,叫得颤抖而尖锐,把我体内的一切都抽空而去。

因为墙上有一片暗色水渍,形状完全是父亲正面的剪影,只是头发长了些。

他来了。终于来了。

他默不作声,似乎在等待我的呼唤。

我却完全呆了,几个月来"爸爸"这个词已完全生疏,僵硬的口舌已经不习惯把它弹送出去或挤压出去。我只是下意识地搂裤子。

水渍被灰墙慢慢地吸干,然后蒸发了,消退了,竟没有一点儿声音。

墙上重新现出"此处禁止小便"的告示。

四

父亲的剪影失望而去,以至于我还来不及跟他说一句话,来不及把他完全看清。我也不知道说什么才好。此处禁止小便我不知道说什么才好。此处禁止小便我曾经害怕他活着我现在害怕他死去我只能空张着嘴。此处禁止小便这条告示消灭了我十三岁那年的一切动心的言语。

后来我下乡,读大学,从湖南到海南,见到了很多很多人,但不知他在哪里。积攒多年但无法说出的话,现在已开始在我心中腐灭。我很惭愧地承认,我已经没有信心寻找了,对他的记忆已开始模糊和空洞。我没法再在墙上的水渍里找到他,没法再在墙上的灯影里找到他,没法再在墙上的裂纹或霉痕里找到他。除了他留下来两张发黄的照片,两张小胶片未能打捞起来的一切正在流失无踪。我努努力,也只能记起他战争年代参加过国民党,也追随过共产党,在共产党的军队里立过战功,后来一直在教室里和讲台上度过余生。我再努努力,能记得他被儿女偷偷扎过一次小辫,在路上被划破过一次脚等等,如此而已。对一个人来说,这种被忘却不就是真正的死亡吗?这当然没什么。

我们不是已经忘却了几十代几百代但仍然在抽烟喝酒或谈情说爱吗？

或许他的身体还努力在人世间留下痕迹，比方说力图把眼睛传给儿子，下巴传给女儿，某条鼻子或某对难看的短腿传给外孙女。但遗传过程把他的身体特征分解，不过两三代，便会使它们完全消融，融进茫茫人海，不会让它们比记忆活得更长久。比方说，随着我侄女突然被巧克力喂胖，她那条我父亲下巴所特有的曲线，顷刻便不知去向。世界上有这么多巧克力工厂，它们每天都埋葬着多少亡人体态的残迹。

但我们家的某些异象总是尾随着我们。从父亲那只蓝花瓷碗开始，我家总是有瓷碗无端炸裂，就像橱柜里一次又一次偷偷摸摸的鲜花绽开，堕下纷纷的花瓣，庆祝母亲的生日，或祝贺我的远行归来。这实在有些奇怪。我迁居海南之后，爆炸力又从橱柜向整个房子辐射，灯泡、镜子、窗户玻璃、热水瓶等等都曾无端炸裂，炸出奇妙的裂纹或灿烂的碎片。尤其是灯泡,有时买上十个回来不到两个月就炸完了。有人说是灯泡质量不好,或者是电压不稳定。但这完全不对:为什么邻居家几乎就不买灯泡?而且镜子的菊花状裂纹与电压有什么关系?

日子一长,我们对这场防不胜防和绵延不绝的炸裂,也慢慢适应了、麻木了。有时妈妈扫地时未发现什么碎片,还会很奇怪:

"咦?这个月怎么没什么动静?"

妈妈老了,已经扎不动鞋底了,而且儿女都有了稳定职业和收入,无须母亲动手做鞋了。因为父亲的冤案平反,政府每月还发来抚恤金。但她似乎总不能明白钱是怎么回事。

她穿着软塌塌的破布鞋出门。

我告诉她,柜子里有新的,换哪一双都好。穿成这样像个叫花子,人家还以为我们当晚辈的虐待老人。

她认真地听着,微笑着,深明大义地使劲点头,但乘我们一转身,又十分机灵迅速地把旧鞋穿上,一举获胜地走出门去。

有时，她也公开反抗，噘起嘴尖："我就是喜欢这一双，你们买的那些鞋，打脚，痛死人。你们不晓得。"其实，那些鞋都是她自己要买的，也都试过的和夸过的。现在她可以全不认账。

她对我们买米买盐之外的任何开销，对我们购置任何新的用具，几乎都怀有不满和挑剔，总是谴责媳妇大手大脚——虽然有时明知是儿子干的。尤其是对一些有很多键钮或外文字母的家用电器，她总是有种偷偷对着干的劲头。买来彩色电视机后，她好几年还经常鄙弃地收缩着鼻子，说它根本不如黑白电视好看，比如屏幕里的鲜血红得太可怕，或者屏幕里的某位女郎实在太难看——她总是把任何女演员、尤其是漂亮女演员的年龄无端夸大二三十岁，对她的"老"来俏的做派"哼哼"一番。

她开过冰箱后总是不掩门，用过燃化气灶具后常常不关气阀，让危险的气体弥漫到客厅里来。她说她只顾上吹熄灶火，忘了关气阀这道程序，或者含含糊糊说那没什么关系，没什么关系的。她当然更不愿意坐车，去我哥哥所在的学校走走，或去大菜场买菜，她出门时就用眼角余光暗暗提防你，一旦发现你想为她叫上三轮车，她知道大势不好，立刻迅速反应，拔腿起跑，似乎儿女叫来的不是司机而是杀手。一个七十来岁的老人，跑起来的步子碎密，紧张，踉踉跄跄，居然有青年人的快捷。

"司机总是骗钱，鬼名堂多！"她为走路而辩护。

其实，有一次我发现本该付一元钱车资，她横蛮地只给司机八角，理由是当天的白菜涨了价。司机对这样的老太婆哭笑不得。

但唯有一样东西，她总是催我们去买——她的鞋。她时而惦记胶鞋，时而想念棉鞋，时而打听一种鞋面是深色平绒布的布鞋。套鞋有两双，她好像忘了，皱着眉头问："这下雨天穿什么？"我提醒她，让她参观床下或衣柜里那些根本还没穿过的鞋,她哦了一声,斥责自己记忆力的衰退。临到我出差,她又吞吞吐吐地要给我钱:"你到广州,我什么也不要,你只去看看那种面子是平绒,不要系带子的布鞋有没有。人家说只有广州才有这种鞋,也不贵,两块多钱一双。"

她不知道,那种鞋的价格已涨过好几轮了,最重要的是,那种鞋大部分的商店都有,她的箱子里也有。

夏日的一天,她想做点儿腌酸菜。腌坛照例无端地炸裂,腌大蒜腌萝卜什么的倾翻在地,带着白色浮膜的腌水流了一线,往楼梯下滴。她失足坐倒在地,挫伤了盆骨,不便出门了。我找来一些书刊来给她解闷,其中有一本关于她老家的《沣州史录》。但她只爱读《水浒》,合上书便惊喜赞叹武松或鲁智深的勇武。至于其他的书,她有时也一捧半天,但你若细看,便发现她根本不翻页,或者眼睛已经闭上。

我倒是翻过这本野史,发现卷四中记载

了一件奇事：清朝乾嘉年间，沣州洪山嘴发生过一次民变，土民一齐发癫，披头散发，狂奔乱跑，男女裸舞三日，皆自称皇上或皇亲，被称之为"乡癫"。后朝廷令湖广总督率军剿办，统领额勒登保带兵攻占洪山嘴，斩刘四狗等十四人，断癫匪六百余人之双足以示惩戒……我吃了一惊。六百多双脚，血糊糊堆起来也是一座山吧？我在地图上寻找洪山嘴，发现它与我老家相距不过百里。我十分想知道，断足的男人中，是否有一个或几个就是我的祖先？而母亲奇特的鞋癖，是否循着某种遗传，就来自几百年前那些大刀砍下来的人脚？

人足变得稀罕，鞋子是否就成了珍贵与尊荣之物？

我问妈妈听到过这些事没有。她摇摇头："没有。诳讲。没有的事。"

她回忆起老家，讲得最多的只是发水灾。她说一破了垸子，人都逃到了堤上。堤上到处是被水淹昏了头的蛇，也不咬人，大多盘成一饼动也不动。人与蛇差不多就紧挨着睡觉……

那么,母亲的鞋癖到底从何而来?它与六百多人的断足之刑真的没有任何关系?抑或它只是贫困岁月残留下来的一种主妇习惯?我为此请教过一位心理学家,他当时兴致勃勃正盯着我妻最先端上桌的团鱼汤,只是嗯嗯呵呵了一阵。

人真是最说不清楚的。

五

那时候,我们以为只要搬出了机关宿舍,家里的瓷碗就不会炸裂了。妈妈急着想搬走,还想让我进工厂当学徒,总是去求一位老邻居帮忙。但那时很多工厂停工,而我的年龄也太小……老邻居没有带来多少好消息。

妈妈横下心来,决意带我去一个最贫贱的角落,去农村那遥远的地方。我小姨就在贵州一个国营农场,前几年还说那里很欢迎移民。这使我很高兴。我也想远远地离开同学和学校,去一个完全陌生的地方重新开始一切。

在长沙的家终于要结束了。哥哥请假回来帮忙。他学业成绩极好,但当时只能进一所半农半读的杂牌大学,一脸晒得黑黑的,手掌磨得粗粗的。他帮着母亲卖掉了几乎所有的家具,包括父亲的藤椅。空空的藤椅破旧了,色泽晦暗,骨架变形,扶手处还缠了些旧布条,样子显得有些衰老。它依然顽强地咯嘎响了一声,使旧货行的老板有点儿吃惊,问是怎么回事。哥哥说大概是藤条受压后的复位所致。老板这才迟迟疑疑地收下了它,把它搬到店堂里边,与那些不知来自何处的旧衣柜旧梳妆台旧书桌旧麻将桌旧挑箱旧马桶旧炭盆架放在一起,把它抛入了一个完全陌生的旧货家族。它形单影只,孤苦无助,而且很快被一座气焰骄横的太师椅骑压着。它咯嘎咯嘎的声音,再也不会有谁倾听了。我最后一次回头把它遥望时心里这样想。

哥哥挑起又笨又大的一口箱子和一个被包,送我们上火车。是夜里,是最廉价的闷罐子车,车上挤满了农民的吵闹和臭烘烘的猪羊。所谓厕所只是车厢角里的一只尿桶。哥哥怕我们挤不过人家,临时又决定送我们去怀化,靠近省界的那个中转站。我们在那里半夜下车,吃了面条,妈妈叫哥哥回去。哥哥看了看漆黑的天空,说再送你们到黔东吧。于是我们又默默坐上火车,听窗外车轮咣当咣当的夜。我与哥哥紧挨着,互相搂抱着,感到离别的时刻正一步步逼近,心里都不太好受。以前我们兄弟俩总是同睡一床。我常常躲在被子里偷吃东西,常常躲在被子里听他说故事,或者我咯咯咯地大笑着被他逗弄小鸡鸡。但那天夜里我们都说着成年人的话。还不算成年的他,嘱咐我高中的数理化是至少也要自学完的,交代我下山干活一定要戴上草帽防晒,下河游泳要防止脚抽筋。

哥,我记住了。

我感到他的肩膀坚实而厚重,而且从背

影看去,他特别像我的父亲,是一个小号的父亲,使我有点儿想哭。

我与妈妈又上了汽车,离家越来越远。这是我第一次出门远行。在很多同学戴着红袖章正在向北京、上海等大城市免费旅行"大串联"的时候,我正在向乡下逃去,另有一种远行的快乐和自豪,不会比同学们少点儿什么。我用哲学家的眼光看汽车在叠岭重峰间爬行,我用诗人的眼光观赏着大块大块的绿色在车窗外起伏翻腾,我气壮山河地环视越来越荒凉的土地,看我未来大显身手的舞台。有时一片绿浪迎面扑来,车厢里就顿时暗去许多。沿公路还有很多山峰的断面,大多为赭红色,暴露出险峻岩层的曲线,供乘客们心惊肉跳地一瞥。千万年前造山运动的雄壮,被时光滤去了一切声响,只留下这些血色伤口,留下岩层最后挣扎时的姿态以昭神谕。前面一亮,车又出了一个山口。云雾涌进了车厢,在乘客们的头发和胡须挂上小水珠。你可以看见云雾从对面山顶滔滔地漫过来，填注山谷，将山脊慢慢地揉洗。

我逃避了城市真是高兴。我逃避了伯伯阿姨们机警深刻的面孔真是高兴。我逃避了向着高音喇叭一个劲激动欢呼甚至流泪的同学们真是高兴。我逃避了每天早上争着洗马桶而每天晚上一排排晒咸鱼般在街旁卧床乘凉的市民真是高兴。我逃避了街头的讨价还价店里的苍蝇宾馆门前凶狠的守门人医院里刺鼻的福尔马林气味以及我家对面那扇永远没有开过的窗户真是高兴。我高兴我哼起了一首歌，是一首关于大山、篝火、农垦青年们的歌，是小姨教给我唱的。她就是奔这支歌离家而去的。

很少看见人，有时偶尔俯看到车轮旁的悬崖边沿，看到悬崖下远远的一个黑色木楼，看到楼边一个小小红点——也许是一位穿着红衣的女子——那都是可以令乘客精神一振的时刻。就是说，乘客们由此可知又回到了人间，由此可体会出自己的安全。

前窗出现了一只晃动的影子，是麂子。

"碾死它！"

"碾死它！"

乘客们杀机勃勃地大叫起来。这里的乘客越来越多异乡的口音。

当更多旅客中途上车，以至周围的口音越来越异生以至完全难懂的时候，我们就到了目的地——一个靠近贵州边境的农场。一路还算顺利，妈妈在车上只吐了一次，有位警察给了她药片。但她精神还是很好，几乎不要吃也不要喝。

小姨出现了，脸色又黑又黄，眼里闪着泪光。她似乎有一种紧张，一见面就同妈妈出门去谈，又忙着同另外的什么人去谈。总之我很少看见她的身影。我无所事事，找屋檐下一条黑狗玩了一阵，把路上没吃完的干馒头喂了它。然后，遵照小姨的吩咐，我跟着两个陌生的大姐去地上拔萝卜秧。那里也没有人与我说话，两位姑娘心事重重地蹲在地的那一头嘀咕着她们的什么事。透过朦胧雨雾，我只看见两块遮雨的白色化纤膜下，两座圆大的屁股朝这边撅着。在我满怀豪情体会着这第一次劳动的深远意义的时候，两座圆大的屁股朝这边撅着。我回家时两手泥水，兴冲冲地找肥皂洗手。

妈妈说："快点洗。趁天色还不太晚，我们这就回去。"

我很吃惊：回哪里去？

回湖南去。

为什么要回去？

妈妈与小姨都没有说话。

我觉得土地冰凉，凉气通过我的赤脚一直升上来，直贯我的头顶天门。

多年以后，小姨才向我回忆她当时的一切。我怎么那样蠢呢？她笑着说：当时农场领导要我与反动营垒决裂，我就相信应该决裂，就觉得不能接纳大姐在这里……说这话的时候是一九八四年，我和她全家回到了这个已荒废多时的农场，重访黄泥小屋。同行还有一位朋友，他边做家具生意边写些极好的诗，但写完就撕掉，从不发表。那天碰巧也在下雨。眼前还是十多年前滴滴答答的屋檐水以及满地坪的泥浆。只是人面不知何处去，燕子仍在雨中飘滑，有位守着空房子的陌生汉子正把一个木箱敲打得叽叽震响，像在对地坪边盛开的一树桃花作愤怒抗议。不知他到底在干什么。

"我们这就回去。"

我猛然回头，身后空空的没有人。是妈妈在十多年前发出的声音："我们这就回去。"

"爸爸说过，我已经能挑一百二十斤重的红薯了，他看过秤的。我还能够挖地，能够插秧和薅禾，能够割草和捡粪……"

"没有办法，你们还是回去吧。"

"小姨，我当一个农民的资格也没有吗？是不是我根本就不该生下来？是不是我也成了一个罪犯？"

"阿毛，不要说了。"

小姨咬咬嘴唇已先出了门，看来，再说下去她也会大哭出声了。

雨更大些了,泥路很烂。我回忆那时我总是寻着拖拉机的车辙探步,但一脚滑下去,胶鞋还是成了泥鞋,好几次差点儿没法从泥泞里拔出。我回忆那时雨水直往我领口里钻,肩上也火辣辣地痛。我想让小姨接一肩,等我脱了鞋袜,挽卷裤脚,再来挑行李。我转过头去,突然间完全呆了,身后没有人!

她没有来送我们。

几丈开外的屋檐下,有几个人影朝这边张望,大概是她的几个同事,在犹豫着该不该来帮我们一把。我依稀看见小姨低下头,转过身去,朝猪场那边走了。我依稀看见她缀满补丁的肩头在微微颤抖。而余下那些人还在朝这边张望。

我眼前的一切都模糊起来,屋影和树影全被浓浓的雨雾漂洗着,洗出一个乳白色的日子。不,只是半个日子,落在我们千里奔赴的终点。

乳白色的半个日子里出现了一个小黑

点,愈来愈大,愈来愈清晰,不断地上下跳跃。我看清了,是我用馒头喂过的那条狗。它停住,对我有凝视的一瞬,眼睛透出老朋友的温柔和信任,摇着一条短得十分难看的尾巴,似乎是向我告别。它猛一蹿,在空中划出一道黑色弧线,越过一条水沟,扑上一个草坡,很快超越了我们,朝前面雨雾中钻去,好像要为我们向导和开路。它的耳朵可怜地耷拉着,皮毛已经湿了,全身像一束闪闪发亮的黑缎。它不时停下来把身子摇一摇,摇落得水花四溅,看我们一眼,再扭头前行。

我毫无理由地大哭起来,似乎是为这条狗,为它义重如山的送行。我哭自己刚才竟舍不得用更多的馒头喂它,哭自己临行前竟忘了向它告别,忘了摸摸它的脑袋,哭它刚才差点儿被一个陌生小伙子打了一棍,而我没法为它出气和报仇。我哭它在这遥远的边地孤独无依而且尾巴短得那么难看……我的泪水和着雨水往下流。我知道这雨水都是我的泪水,隆隆雷声都是我的号啕。

我哭得毫不知羞耻。

现在,我不知道这条短尾巴黑狗在哪里,是否还活着。如果死了,它被葬在什么地方?我永远怀念着它。如果我今后还有哭泣的话,我得说,我的所有泪水都为它而流,我的所有哭泣才成为哭泣。

六

天黑时分我们返回了县城,寻到了早晨我们刚离开的那个小旅店,住了下来。有很多蚊子,又停电。妈妈的一只鞋已被石块扎破了,她在油灯下哀伤地自言自语:"鞋呵鞋,你怎么能叫作鞋呢?这么不经事,你只应该叫作一个套子,一个袋子呵……"

我想起了什么:"妈妈,明天我们到哪里去?"

她也在想,是呵,到哪里去?

年纪尚小的大姐与哥哥都是学生。姑姑

虽有工作,但住在工厂集体宿舍,没法接纳我们。其他亲戚要不是自己在遭难,要不就是避开麻烦早已不再来信……我们还有什么地方可去?我一个劲地想着。

窗外的夜十分宁静。在远方的那个城市里,我们已经没有了户口、房子、学籍以及爸爸的藤椅,几乎一切都没有了,那座城市已与我们没有关系——虽然我们可能还习惯性地往那里投奔。事实上,我们现在是断了锚的船,没有港湾的船,突然自由得不再有任何目标与归途,可以驶向大海的任何一个方向。

自由降临得如此之快,新的日子已经在无比的轻松空阔中开始,这是我突然明白了的现实。

我还很快醒悟,妈妈是何等的睿智,她偷偷摸摸做了那么多鞋,是因为她早就明察秋毫地预知了今后的一切。她知道父亲的消失,将使我们要走很多很多的路,唯鞋子可以救助我们,可以启示和引导我们。

难怪她眼下如此平静,根本不去想明天的事情,只是坐在床边修整和教诲她的鞋:"唉,你只应该叫作一个套子,一个袋子呵……"

我悄悄走出了房门。

圆满银月已从云里露出来,显得特别迫近。不知名的群山浸浴在蓝色光雾之中。一条小河抖动着浑身闪闪灭灭的光鳞,从古塔那边流来,似乎被黑苍苍的城墙吓了一跳,慌慌坠入一座水坝之下,匆匆而去。河滩的暗色里似乎有牛影,有妇人捣衣的声音。

河里涨水了。我闯入月光,呼吸着绿草的鲜腥和月光中碎碎的人声,去看看那边的水坝和牛。随着我一步步下行,深浅相叠的山脊线缓缓升起来,越在近前的山峰升得越快,很快就把远处的山峰遮挡。我差不多消融在月光里。我一看到山脊线在蓝色雾海中沉浮不定,一听到牛铃铛将晚风轻轻叩响,就知道父亲不会回来了。这个世界如此美丽他肯定不会回来了。是的,不会回来了。

我回家时走错了路,闯入了一户陌生的人家。我觉得这户人家有些眼熟。比方门前有两棵高大的梧桐树,树下有一个葡萄架和竹制桌椅。我穿过庭院,看见石板铺成的地,石头垒成的墙。借着一盏油灯的光亮,我还看见屋里的书橱,还有装酒的葫芦和大嘴的陶质猪娃……我吃了一惊,发现这正是我曾经寻找的地方。

我走了进去。

请问这里有人吗?

请问这里的主人姓王吗?

七

将来的一天,爸爸说话时老是跳出一个叫马丁的陌生名字,大概以为我对这个人很熟悉,其实我根本不明白。听起来,好像马丁与酒、与木船、与芭蕉林有什么关系。爸爸说他托付马丁来找过我们,可惜马丁的弟弟碰上了成群的鳄鱼,只剩下了一只脚。

我更不知道什么马丁的弟弟和鳄鱼。

我告诉爸爸,那次腌坛无端炸裂后,妈妈也记起背心应该是浅灰色的,也怀疑自己认错了。她后来不再哭泣,就是相信丈夫总有回来的一天。

爸爸揉了揉眼睛,叹了口气,说他也许回来得太晚了。他一直不能想象国内变化这么大,家里变化这么大。说起来,这些年就像一个梦。

我说,我一直相信这就是一个梦。

我搬出了母亲生前留下的遗产——一大箱各式各样的鞋子,可以丈量千万里道路的鞋子。每一双都很新,都按照她生前的爱好用绳子捆紧,用报纸或塑料布包裹,显得很本分很安全。爸爸用枯瘦的指头把鞋子一一捏摸,点点头:"是她的。"

他一定嗅到了母亲的气息。

他声音有些异样,说你妈的脚很大,家乡妇女的脚都很大。旧时的妇女一般都缠足,但老家的习惯很特别,不管穷家还是富家,从来都不缠足的……

在我想象那一天,他看完鞋又看完几大本相册,忍不住要喝酒。只是让我妻子去温酒时,照例叫错了名字,叫成了我母亲的名字。我们劝他少喝一点,他有点儿不高兴,装作没听见。

我换了个话题,向他打听清朝乾嘉年间"乡癫"的事。

他说:"有呵,有这事。"

"妈妈当初说没有这回事。"

"她是不想说吧?"

"有什么不可说?"

"你祖爹就是被官军砍了双脚的……"

我追问下去:妈妈爱鞋成癖,是不是与往事有关?比方说,是不是乡民断足太多,鞋子因稀罕而变得珍贵,人们对鞋子有一种特殊的心理……

"有道理,有点道理。以前家乡人送礼呵,不送酒,不送肉,就喜欢送鞋。可能就有一种祈福的意思在里面吧。你说是不是?"他还回忆起来,那时候到某家去,只要看床下鞋子的多寡,就可得知这一家家底的厚薄。收媳妇嫁女儿,新娘子最要紧的本事就是会做鞋。给死人送葬,很重要的仪式就是多烧些纸鞋让亡灵满意。连咒人也离不开鞋,比如咒一句"你祖宗八代没鞋穿"之类,就是特别恶毒的了。

我去找那本《沣州史录》给他看看,翻遍了书柜和书桌却找不到。一时间地上摊满书,几乎无我立足之隙。我和妻子腰酸背痛忙了一阵,颓然坐地,很奇怪那本小书为何不翼而飞。

"这本有没有用?"妻子递给我另一本。

似乎也是本历史,一本厚厚的《万年历》。封面大红大绿低俗不堪,价钱也很贵。这是若干年前出版的,但一直畅销不衰,连我也忍不住买了一本。我不知道人们为什么去抢购它,为什么关心身后那么多不属于我们的日子,而且那万年的日子只是一些数码,每一页都差不多,冷冰冰的毫无人间烟火。不会有你我他,不会有你们我们他们,只有数码数码以及数码。但那些密密的数码里是否还隐着某只饭碗的无端炸裂?

我想会有的,只是我无法探查出炸裂隐在数码里的何处。我把一万年漫长岁月在手里哗哗翻过去。

白光一闪。

我听到阳台那边,父亲坐的藤椅咯嘎一响。

1991年5月

* 最初发表于1991年《上海文学》,获同年上海文学奖,后收入小说集《北门口预言》,已译成法文、日文、荷文等。

鼻　血

马坪寨，错错落落的一片木楼房，夹着一座青砖楼，老远就能看见。砖楼的梯型封火墙檐角高翘，一角叠着一角，一级落下一级。檐草居然已粗大如树，当然是吸吮了漫长岁月的结果，若出现在夜里，将冷不防给路人一种黑森森的狰狞感。苔藓从墙基蔓延开来，蓬蓬勃勃泼染于墙，眼看就要把砖楼完全包藏。

老屋空了多年，囤积着一屋发霉的气味。但不时有人跨进门槛，把一角角黑暗认真地盯上几眼，似乎努力地要看出个什么究竟。他们是过路歇脚的农夫，叽叽喳喳的少女，或一些坐汽车远道而来的读书人。读书人喜欢负手闲步，把门口两尊石头狮子拍拍打打，把蛀眼密集的大木柱抚摸抚摸，更喜欢在厅堂里一张女士玉照前整顿神色，交头接耳一番。

女子的大照片陈旧灰黄了。年龄说不准。衣着在今天看来不算十分洋式：一件短袖旗袍把胸脯小心裹住，却把颈脖大面积裸露出来，交给公共目光去七叮八咬。

本寨人都知道，这里原住着一个大户，姓杨，是个大药商，家有两位千金。姐姐在九州外国行医，照片中的这位则是妹妹，曾是著名演员，用本地人的话来说，在上海"唱电影戏"唱得大红大紫，想必在大码头上赚了不少银洋。如此而已。本寨人不知城里的读书人为何这样惦记一位戏子，一趟趟来察看老屋。有什么可看呢？有曹跛子耍蛇那样好看吗？有湖北班子的大变活人那样好看吗？

他们把外地统称"开边"，似乎唯马坪寨才是中央，只有身处中央的人才活得最有道理。而"开边"人总是有些古怪的。

待外地人走了,本寨人进去捡个烟盒子,捡个汽水瓶子,看能不能废物利用。有时他们也把招引远客的大照片评议一番。

"乖致得婊子样的。"

"乖致什么?嘴巴好大,丑死了。"

"奶子它它的,养五个娃崽不碍事。"

"色是祸呢,没听说过吗?红颜薄命。"

"莫搞下的。人家是人民代表,毛主席都请她到北京去坐皮椅子。我舅舅说过,那皮椅子一坐下去就塌两尺,你脔心都到了口里。"

"死猪子,你坐了我的斗笠。"

众人意见各别,有一点共识却坚定不移,即这号洋式女子担不得粪桶,铡不得猪草,只能摆看,切切不可做娘子的。至于电影戏,他们也觉得不以为然。县里的班子来挂白布放过两次电影戏,既无锣鼓也无唱腔,不论生旦净丑,只是讲讲白话,才端上碗就吃完了,才上床睡觉就天亮了,快得实在没有道理。当时村长看见银幕上又打仗又开荒硬有几百号人,忙煮了两锅面条办招待，后来电灯一黑，千军万马不知去了哪里，场上只剩下两个放片子的伙计——他娘的电影电影，就是这样骗人的呵？

杨家二小姐不过是唱唱这种没腔没板的骗人戏，一没当上县长太太，二没在城里开铺子，马坪寨乡亲觉得这事并不怎么光彩——尽管她还算仁义，给乡政府捐过一台水泵。

乡长严禁马坪寨人破坏老屋，也不许用它来屯粮谷或关牛羊。有一次，三老倌拆了一根檩子去修水车，乡长知道后立刻瞪眼开骂："胡闹！你晓得人家是什么人？毁了人家的家产你有几个脑袋去赔？就要打第三次世界大战了，你搞破坏呵？"

众人想到第三次世界大战，觉得乡长的眼瞪得极有道理。

这一年，坡上的竹子全开了花；挖山时又挖断一条碗口粗的冬眠蛇，各户都剁去一截煮着吃了；有人还更下作，在水井边上屙下一堆臭粪，沤出了一窝蛆。总之，这世道有些不正经了。城里的一些青年学生跑到马坪寨来贴大字报，喊口号，打石头狮子，开批判大会，撕下杨家二小姐的大照片，四下里瞪眼睛恶狠狠一番。据他们说，文化大革命开始了，这臭妖婆也被都市里的革命人民揪出来了。哪是什么革命艺术家呢？她不过是个臭妖婆罢了，大破鞋罢了，美国女特务罢了，不但大搞反革命活动，还同好多男人不干不净——妖婆子有勾魂术哇，勾的都是大人物。你看看，你想想，有这样的祸水，中国还能不亡党亡国吗？有朝一日美国和日本的飞机还能不来丢炸弹吗？……这些话，说得马坪寨人面色惨白。

到岁末时分，马坪寨的返销救济粮没有发下来，大概是杨家妖精婆反了革命，乡亲们也跟着受连累。众人便气愤，尤其是男人们，纷纷诅咒那勾魂的淫妇。

某位妇女被柴烟呛了一口，不免火冒三丈："勾魂也是本事，你要曹跛子的妹子去勾勾看，勾猴！"

几位女子立即附和："勾猴！"

妇女又说:"哪个叫你们男人浑身骨头轻?勾了魂,活该!"

几位女子再次附和:"活该!"

旁人便默然。

关于杨家二小姐的消息从此绝迹。她或许死了,或许坐了大牢,大家对此都吞吞吐吐。马坪寨青砖老屋的阶基已被荒草淹没,再无什么人来探访。

不知什么时候,邻居开始悄悄议论,说半夜时分常听到空楼里有人咳嗽,还有清清楚楚的脚步声和泼水声,想必是老宅子不干净,闹鬼。这一说,男人们胆子再大,也不敢用老屋来码柴和囤石灰,白天也躲它远远的。有时候母鸡跑到那里去了,或许生了野蛋,男人们也不敢去寻找清查。

这一年,公社机关的干部又多了一两桌人,加上有几个单身汉要结婚,房间显得十分紧缺。公社干部看中了马坪寨这栋砖楼,又觉得有责任打破闹鬼的迷信。黄秘书来看过几次,说根本没听到什么脚步声和泼水声嘛,只有几只老鼠嘛,看把你们吓成了这样。乡亲们不相信黄秘书,说你们吃国家粮的福气大,八字硬,阳气足,火焰高,自然是看不到鬼的,哪能与我们农夫子比?

兵马未动,粮草先行。第一个奉命搬进空楼的是伙夫,一个叫熊知仁的后生,众人都叫他知知。他挑着铺盖卷来到老屋前,被前面一团黑影吓了一跳。他挺长脖子,眯缝眼睛,透过又破又旧的两块小眼镜片,把前面的黑影警觉地辨认了一番,发现是棵普普通通的樟树,方定下心来。

他的小眯眼自然是被灶火柴烟熏坏的,很多东西看不真切,以至他迈进大门时,差点又被门槛绊了一跤。他晃晃地站稳脚跟,收收鼻孔。

"香!"

天井里只有鸟粪和腐草的酸臭,左边厢房里有两个木匠忙着破木下料,松木味也不能说是香。

黄秘书说:"你放下东西,去下湾村喊

四个泥匠来。"

"香!"他依然专注地收缩鼻孔。

"什么香?"

"牙膏香。"

"哪来的牙膏?"

"真真是香。"

"鬼打憷了,快去喊泥匠吧。"

"贼养的,我鼻子明明……"知知觉得自己的鼻子是有点儿不堪信任,咕咕哝哝去下湾村请泥匠。

下午,他清扫着老屋,扫走几堆落叶和鸟粪,又嗅到了那股似有似无莫可名状的香味,不觉有些奇怪。那香味到底从哪里流出来的?或者——到底有没有那股香味?他四处查找,挺长脖子,对楼宅的各个局部投去警觉目光。一砖一石都放大了,清晰了,凸现了,柱子在移动,墙壁在旋转,头顶的大瓦盖也波动翻涌起来,似乎有了某种活气,暴露出某些意思。他在天井一角捡了个破灯盏座子,觉得分明有个人,曾经在这盏灯下等人，想起了什么伤心事，默默地流泪。他看到后院荒草掩盖着的一条石板小径，觉得分明有个人，曾经在这里跑来跑去捉蝴蝶，笑声碎碎地装满一院子，还有汗津津的肩胛在枣树杆上倚靠。他又发现一口废荷塘，全盛着干泥，长满茅草，有个癞蛤蟆跳了一下就不动了，胸有成竹地盯着他。他猜想当年这里定有一湾碧水，半池莲荷，映着蓝的天白的云，映出塘边一件红衣衫，跳动得像一团火。塘边有块石板特别平滑，差不多是一面墨色大镜，那当然是一双柔嫩的赤脚，曾经反复在这里踩踏，才有今天细腻柔软的石面。

　　他像一条狗，继续找着，嗅着。他来到楼上，看见许多碎瓦片。他还在板壁上发现了一个墨写的"羊"字，在一道壁缝中发现了丝线球和钢笔帽，在一个窗台上发现两道刀砍的痕迹，一个缺了腿的铸铁香炉。这一切过于琐屑零散，没有什么含义，但似乎也能串起来，串出一个关于某人的故事。知知是一条能嗅出故事的狗，甚至明白了这个故事的许多细节,连很久以前的一个眼波,一声病中的呻吟,他也能用鼻子在尘封的砖瓦梁桷中细细挑剔和挖掘出来。

他很有信心地走进一间杂屋,与蛛网和蚊虫大战,在成堆的松子里果然又有新收获。有一个玻璃镜片,不知曾照过什么样的容颜。还有一根泥垢包裹的银簪子,在掌心里一擦,便闪出一道诱惑的银光。

"乱丢乱丢,不就在这里吗?"

他自言自语,带着一种埋怨的口气。话一落音自己也奇怪,他埋怨谁?为什么事埋怨?其实他至今什么也不知道,只知道这个楼宅曾经住有一个大户,家中有男有女,如此而已。但他又很有把握,似乎认定曾有一个女子经常在这里敲核桃壳,经常在这里绣花和画画儿,经常与母亲斗嘴抬杠。她的牙齿还老出血,尤其是刷牙的时候,一吐便是一口红水,这是不会错的——他这种把握简直无根无由,一冒出来后却顽固透顶赶也赶不走,十分奇怪。

伙房里有人叫他。他挑着一担草往柴房走去。他走过曾经有人走过的楼梯，穿过曾经有人穿过的厅堂，跨过曾经有人跨过的门槛，听到长长一声娇滴滴的"嗯——啦"，不觉吓了一跳。仔细一听，发现刚才不是人声，只是一扇木门旋出的声音。

接下来，他听到柴房内有人泼水，进门一看，却未见到人影，但地上和柴捆上真真切切有些水渍，还透出女人的发香，好像刚才确实有人在这里洗过头发。怪了，今天这里只来了泥匠和木匠，决不可能有女人。而且谁也不会如此混蛋，往柴房里泼水吧？

回头想想，刚才的"嗯——啦"到底是人声还是关门的声音？

"鬼！——"

一担草丢在地上，他须发倒竖，扭头就跑。"有鬼呵——"

乡下闹鬼的事很多。供上豆腐、雄鸡、糍粑，请法师来偷偷念一通咒语，就算驱鬼辟邪了。熊知仁瞒着黄秘书，请寨子里的四伯爷做了一场法事,又睡了一天一晚,出了身透汗,自觉是好些了。收收鼻孔,至少是不再有香气。

这一段时间,公社干部陆续入住空楼,食堂里越来越忙。不过知知不用去砍柴,也不用买柴。村村寨寨都在闹革命,打烂了很多泥木菩萨,清剿了很多报刊图书,物理化学小说散文什么的,乱七八糟堆在灶口,都可以当柴烧,用来煮人食也熬猪食。知知有点儿怕菩萨,不知烧菩萨会不会遭到报应,但想到自己只是奉令行事,干部要他下毒手,神灵未必怪罪到他的头上吧?劈着烧着,他胆子越来越大,甚至还有点儿兴高采烈,一刀劈下菩萨的大耳朵,又一刀剁掉菩萨的肥脚板,对各路神仙大开杀戒。

他在废纸堆中发现一张大纸,不知是什么纸,反正纸面很光滑,很坚硬,指头一弹便有嘣嘣脆响。他凑上前一瞅,发现是张大照片,上面有一个女人,似有几分眼熟。他突然想到,这不是小杨子,老杨家的二姑娘吗？以前他也听说过小杨子的故事，只是他想象中的大小姐，嘴巴没这般宽大，头发没这般卷曲。

美人，美人呵。可惜，好端端的照片已经撕破，截掉了大小姐的一只胳膊。他在纸堆中翻来找去，好容易找到那条断臂。

他想了想，把照片带回自己的住房，贴在米桶上方的墙上。那里已经贴了两张治虫防虫的宣传图，现在再加一个女人，屋里显得更加明亮。他眨眨眼，觉得照片上的人也冲着他眨眨眼。他转过身去，觉得照片上的人也乘机爱东张西望，只是你再看到她的时候，她也迅速恢复原样，直愣愣地盯着你。这妖精，看人怎么看得这样深呢？看得这样呆呢？无论你躲在哪个角落，不论你在干什么，她都死死地盯住你，像有什么话要说。怪了，她对知知有什么可说？他虽说是她的同乡，但从不认识她，成天只知道劈柴、烧火、涮锅、挑水，那两个大水桶，压得他腿杆子上青筋直暴，一球球地扭成了结。伙房里还老是丢失东西，昨天留给公社书记的一碗豆腐，不知被谁偷去吃了，害得他被书记臭骂了一通。

他发现杨家小姐眼里有亮晶晶的东西，吓了一跳，忙取下镜片擦了擦，戴上鼻梁再去瞅，发现那双漂亮眼睛里又没有什么了。

但他坚信，杨家小姐刚才的的确确哭了，这是绝对不会错的。

想到这里，他慌慌出门在伙房、厕所、菜地乱窜了一阵，返身来到照片前，声音直哆嗦："你哭什么？"

杨家小姐依然一动不动。

"你到底是人还是鬼？"

对方仍然沉默。他现在似乎看得更清楚，那眼里确实有泪光。想必是痛？是有病？是有什么伤心事吧？知知把她的脸蛋摸了摸，找来几颗饭粒，把照片的另一块粘接上去，把胳膊还给了女人。借着窗外一抹霞光看去，杨家小姐脸上似乎泛起一抹红润，嘴角也有一丝感激的微笑。

天色渐晚,窗纸被风吹得叭叭响。知知怕杨家小姐受寒,便在照片上方钉两口竹钉,挂上一件棉衣,这样可给照片增加一些温暖。到后半夜,他索性把照片从墙上揭下来,压到了自己的枕头之下。

这以后,旁人都觉得这个眯子有些异样。他干活特别卖力,还特别高兴,挑着一大担水上路,有时还扯开鸭公嗓,把不成调的山歌吼上两三句。他开始变得勤于洗衣、洗澡、洗手,手背上那张黑膜不知何时已经揭走,衣上的补丁也整整齐齐。到他房里去看看,床下不再有那些乱糟糟的草须了,置放着大小腌坛的屋角也不再有蛛网。他的桌上甚至还出现过鲜花,出现过肥皂盒和小圆镜。"熊大相公也摩登了,恐怕也想收亲呵?哈哈哈!"黄秘书觉得这件事很可笑。

知知似乎没听见,仍然捉针捉线地补衣,赤裸的背脊弯曲如弓,脊骨一节节清楚地挺突可见。

黄秘书常到伙房里来转悠,有时要炖

牛肉，有时要煮面条，有时要取点儿酱油。他来一次，油罐里的猪油或茶油就要浅去一截。知知很讨厌这只油老鼠，找公社会计和公社书记嘀咕过两次，黄秘书就对他脸色很不好看。这一天，趁知知不在房里，黄秘书大概是来找橱柜钥匙，在桌上床上翻了一阵，竟翻出了草席下的大照片。嘿，这不是那只大破鞋吗？不是那个美国女特务吗？

黄秘书当时就大叫起来。

正巧碰上春耕在即，公社照例要召开大会，以阶级斗争促进农业生产。一批地主富农被押到台上低头认罪，知知也被挂上了木牌，与地主富农为伍了。小杨子照片成了他抗拒革命思想堕落的铁证，被涂上红叉，倒贴在木牌上。

"熊知仁，你那天蒸饭不记得放水，蒸出几十斤锅巴没法吃，是不是贼养的故意浪费人民的粮食？"

"熊知仁，你炒的白菜里有蛆，把我们革命干部当猪婆喂呵？"

"你三天两头就剃头洗澡,一个癞蛤蟆还想当相公,是不是忘了本?"

"你房里没有毛主席的像,只有女特务的像,什么意思?"

"你还流氓,把那妖精片子藏在被窝里!"

……

干部们展开了揭发批判,没顾得上几个小后生躲在人群里嗤嗤暗笑,还有一些女人很不自在地你揪我一把,我捶你一拳。

知知勾着脑袋一直没吭声。忽然,一注红血从他鼻孔里流了出来,叭嗒叭嗒,一滴滴落在地上。他用手抓了一把,手掌顷刻间就血淋淋了。用袖子揩了一把,整个袖口也立刻血糊糊了。有位干部愣了一下,端来半碗冷水,往他脑门和后颈拍了几把,但他的鼻血还是一股股往外涌,染红了胸襟,染红了鞋袜。干部推他下台去,他硬着颈根不肯走,一摆头,鼻孔里一个血泡爆炸,在身旁一位老地主的脸上溅下几颗血星。他的血开始很浓,是黑红色,流着流着变淡,掺了水一样,成了浅红色。不知是谁递来一团棉花,塞住他的鼻孔,但红血很快浸透棉花,继续向外奔涌,弄得批斗台上的桌子、板凳、茶杯、话筒、标语牌全都血迹斑斑。随着会场秩序的混乱,他的鼻血越流越快,简直是向外喷射。一条老狗从他胁下蹿过去,不小心被喷出一个红艳艳的狗头,汪地惨叫一声,向台下蹿去。一只白母鸡也被喷成了红母鸡,扑打着翅膀飞到树上,于是树叶也被染红了大片。地上的血水集厚了,涨高了,开始蠕动,裹着沙粒和落叶向低处扭摆而去。不知被谁踩了一脚,立刻又带出几个血脚印,让人不能不想到杀人现场。

知知自己也被这景象惊呆了,吓慌了,开始捂着鼻子哇哇大叫地乱跑,血雨就随着他四处飞洒,满地狂溅,简直是一台指向哪里就红到哪里的高压喷漆枪——在场人谁都不敢相信,这个瘦精精的孤儿,竟有那么多血来染红马坪寨。

多年以后,据说杨家二小姐平了反,仍

然是著名演员和革命艺术家,还上了电视和画报。那天乡政府周会计脸上像抹了一层油光,夹一册画报从县里开会回来,干部们都尾随而去争相观看。熊知仁搓搓手,想起了什么,也跟了上去。周会计正眉开眼笑,回头看见他便挥挥手:"开干部会,你来干什么?去去去!"

知知怏怏地回到家里继续磨豆腐,看白色的豆汁一汪汪流下来,不觉发了呆。

此时他已经早离开了政府机关的食堂,回到寨子里,开了个路边小饭店。饭店生意还不错,尤其是馒头卖得好,猪血豆腐更有名气。知知不记仇,当年的公社干部来了,他给老熟人的碗里多抓点葱花姜末,汤勺子往鼎锅里舀猪血豆腐,也总是搅得深一些。听说乡政府要黄秘书退休回乡,退休费却只有每月两百元,他还推了推那架断了腿的眼镜,肃然正色地说:"只两百块钱就打发了?这样对待老同志,不平民愤的!"

有一天,从乡政府方向来了两个"开

边人",说的京腔不容易听懂。一位老妇人身着无袖旗袍,有细嫩白净的脸皮,但下眼皮松弛垂落,叠出了肥厚的两个眼袋。大概腿不灵便了,她坐在轮椅上,但还是描眉画眼,香气扑扑,抹了淡淡的口红,戴一圈金光闪闪的项链,显得很有些身份。推着轮椅的另一位女人约莫五十来岁,挎一个小皮包,对老妇一口一声"阿姨"。

两人看了杨家老屋,看了水电站和学校,回头把知知的小饭店也很有兴趣地打量。老妇人似乎是在说,她小时候最爱吃这种猪血豆腐。

知知眯缝着眼辨认来客:"来两碗?"

老妇人望了他一眼,眼中透出惊异,是一种看见熟人时的表情。"这位乡亲,是不是姓彭呵?"

"不是,我姓熊。"

"我们见过面吗?我们好像在哪里见过的。"

"肯定见过的。这几年我经常到县里去

进货……"

"对不起,我们不住在县里,住在老远老远的地方。"老妇又低头自语,"哎哟,你看我这个脑子。"

不知是谁在旁边插了一嘴:"知仁大哥,她就是马坪寨的小杨子呢。"

小饭店里的几张面孔都转了过来,熊知仁更是吃了一惊。他没料到当年照片中的女人,竟躺在轮椅里,浓妆艳抹,皮泡眼肿,像一条香喷喷的五彩大金鱼。这就是小杨子吗?就是以前大照片上的女子?不会吧?他搓搓手,有点儿手足无措。

周围人头攒动,议论着轮椅和项链。大概被那张老脸弄得有点儿扫兴,也没看到人们预料中的小轿车,几位后生子立刻大不以为然。不知是谁对谁在说:"县酒厂的酒糟好得很,你要的话就赶早去。"

"来两碗吧,不要钱的,你们尝尝。"知知终于想了可以做的事情。

他注意到小杨子伸过来的手臂,又肥

又白，靠肩胛的地方，有一条两寸多长的疤痕——正是当年照片撕裂的地方。他胸口一紧，感到吐不过气来。

"大婶，你……这只手受过伤？"

"唉，也记不清了。"对方笑了笑，眉梢优雅地向上一挑，"那些年，受林彪和四人帮的迫害，身上的伤哪止这一处呵？腰上和背上还有内伤哩。"

"阿姨，你要不要一点？"陪着她的中年妇人似乎吃不下，把猪血块往她碗里转让。

"兰兰，我够了。"老妇人嚼了一小片，嘴唇舔了舔汤，也把碗放下。"同志，味道还可以，只是有点不卫生，你这些碗都没有蒸过吧？没用过洗涤剂吧？我一看你这锅灶，这碗筷，哎哎，想吃也吃不下。"

知知慌慌地不知该如何回答。她又说："你们农民同志，现在可以劳动致富了，形势很好呵。不过，还要注意提高社会主义觉悟，要讲究心灵美呵。没有美，就没有生活，对不对？劳动光荣，但要按照党的方针政策办,是吧?现在这个物价,乱啦。社会风气,乱啦。我就真纳闷,怎么也没人来管一管?兰兰,上次报上也说了,有些人赚黑心钱,我看还是心灵美的问题没解决好……"

"阿姨……"中年妇人看了知知一眼,似乎觉得老人把话题拉扯得太远。

这时候,知知才发觉,杨家小姐虽头发花白了,但声音还脆亮如童。大户人家的女人就是养得娇些。

老妇人取出香水纸餐巾,擦了擦手。两人道过谢,一高一低往大路而去,只留下淡淡的香水味,还有地上那朵皱皱的纸餐巾。

知知一直没有说话,看面前两碗几乎没怎么吃动的猪血豆腐,腾腾冒着热气。

他肯定不适应香水味,感到头有点儿晕,鼻腔深处也热热的,有液体在涌动。他知道那不会是什么好东西,赶紧捂住鼻孔,进屋去找棉花。屋里乱糟糟的,没有洗晒的衣服四处堆放着。两只老鼠从谷箩里惊慌地逃窜出来夺路而去。他眯缝眼睛四下瞅去，也没找到那件破棉袄，没找到可以塞住鼻孔的东西。看来，是得有个人管管家了，他该下决心娶个女人了。

1988年2月

* 最初发表于1988年《青年文学》杂志，后收入小说集《北门口预言》，已译成法文。

第四十三页

小说写到这里,我发现主人公想家了,便让他上了一列火车。这一刻夜已深,天很冷,整个站台上人影零落,车站补水管在哗啦啦响着。

我的这位主人公外号阿贝——球友们夸他球场威猛,称他为小贝哥,小贝克汉姆,他也乐意以欧洲球星自居,包括走路时垂肩曲背,像个内敛的猩猩。他稍感奇怪的是,他刚才入座时不但内敛而且礼貌,但对面一个妇人睁大眼睛,张大嘴巴,显然受到了惊吓。身旁一个歪头昏睡的胖子,被火车启动声惊醒,一旦发现他也神色惊慌,急忙撅起肥圆屁股抢出座椅上的旅行袋,转移到斜对面的卡座去了。不一刻,他的周围空荡荡,只有几个乘客在远处伸长脖子,对他浅一眼深一眼地打量。

他们看什么呢?

他刚想问,那些长脖子立刻沉没在椅背后面。

他的长头发有什么稀奇吗?他是不是身上有血迹?一看就像个杀人犯?

神经病呵。他脱下秋雨淋湿了的外衣,继续挂着线听MP3。但这一刻他倒是看出了车上的某种异样。中山装。他发现这里的男人大多穿中山装。辫子和辫子。他发现好几个女人的耳边都齐刷刷挂着短毛刷。都什么年月了,有人还套着肥囊囊的大统裤,散发出红薯的气息。一个包着白头巾和怀揣毛主席著作的老村长该出现了吧?只是他眨眨眼,老村长不翼而飞,有点儿虚幻不实。

他觉出鼻子里不爽,有一种猪屎臭。大概是他脱口而出,正在扫地的女乘务白他一眼:"你才猪屎臭哩。"

"怎么这么冷呵?也不放点儿暖气?"

"怕冷就别出门，钻你老妈的被窝去。"

"你这是人话吗？"

他冒火了。

对方像没听见，用扫帚敲打他的脚，意思是要他挪脚，只差没把扫帚直接捅向他的耐克牌，其动作之粗鲁气得他晕。

不过，她把一堆果皮纸屑扫走以后，给他拉上厚布窗帘，还摔来一条棉毯，意思是：冷就披上吧。

披上棉毯，身上暖和些了。球星没法跟小女子斗，只好随手抄捡起一本杂志消磨时光。这是一本《新时代》，破旧得卷了角，大概是哪位旅客扔下的。有意思的是，阿贝的目光一扎进去就拔不出来，女乘务取他的湿衣去锅炉间烘烤，车长来给一位旅客测体温，询问有哪位旅客掉了钱包，他都充耳不闻。

事情是这样，杂志上居然有个奇怪的故事：深夜，下雨，站台，火车等等。车上有中山装和小短辫，然后一个新上车的年轻人感到鼻子不爽，然后女乘务员用扫帚敲敲他的脚,差点儿把扫帚捅向他的耐克牌……唯一的出入,是主人公不像阿贝:他不是江湖艺人,而是个球星,正在业余收购文物的归途。

他咬住指尖,忍不住大叫一声。

女乘务赶过来,揉着自己的胸口:"没看见好多人在睡觉?你叫什么?把我都吓住了。"

阿贝这才细看对方一眼。没错,她眼眸大黑大白地分明,就是杂志上写的那种。戴着两个布袖套,与杂志上写的也相同。至于她穿着刻板制服但翻出了个小花领,挂着短辫但辫尾巴烫成卷毛,算是小说家遗漏了的细节。

吃错药了,我不是在做梦吧?他狠掐自己的胳膊。

"我看你是有点儿不正常。"对方盯住他的眼睛。

"你叫莫小婷?"

"你怎么知道?"

"这书上写了。"

"鬼才信。"

"不信?你今年是不是十九岁?是不是有个当兵的对象?……"

"你是派出所查户口的?"

"你自己看呵,就在这里,你看你看。"

对方懒得看杂志。她手提一个带布套的开水壶:"杯子呢,把杯子拿出来,等一下不要说我没送水。"

阿贝没有带杯子的习惯。"车上卖可乐吗?"

"你说什么?"

"可乐。可口可乐。"

"什么可可可?你结巴呵?"

"你连可、口、可、乐都不知道?"

"你到底有没有杯子?没有?我走啦。"

"慢点儿,你怎么不知道可口可乐?那么农夫山泉、娃哈哈、优酸乳、蓝带果啤……你也没听说过?"

"你说什么呢?"

"嘿,你山顶洞人,你兵马桶呵?"阿贝照例把"俑"说成"桶"。

"你才兵马桶呢。同志,这里是红旗车

厢,请你嘴里干净点儿!"

阿贝忍不住笑,忍不住大笑。他站起来环顾四周,呼呼喘着粗气,终于掏出手机给朋友打电话:喂喂,你醒来,快醒来。宋虾子,你知道,知道我碰见什么怪事了吗?宋虾子,你听我说,我在火车上,这趟车呵居然一车土鳖,连可口可乐也没听说过。你说怪不怪?你来看看,他们还穿中山装,还开口叫同志,我骗你不是人……你在不在听?

估计宋虾子把他说的当酒话,不愿听下去,只是要他快回去上班,说老板已经为此拍过桌子了。

他合上手机,发现两个男人不知何时堵在他面前。一位是刚才那位车长,另一位是大个子乘警,都满脸警觉和严肃。小婷躲在车长身后怯怯地眨巴眼睛:"……就是那个东西,你看你看,就是他手里那个什么……吓死我了。"

阿贝发现更多的人围过来,都盯着他的手机。他手机怎么了?他依稀想起了什么:

对了，他刚才摸出手机时，女乘务像被咬了一口，扔下水壶大叫一声跑开去。

车长说："证件。"

"凭什么查我的证件？"

"你哪里来的？从国外来？"

"不不，我天外来客吧，来自冥王星或者海王星。"

"你手里拿的是什么？"

"手机呵。"

"手机？发报机吧？"

"我为什么要发报机？"

"那要问你自己。"

"我给美国发报是吧？我告诉中央情报局的怀特将军，这里连可口可乐也没有，这里还有猪屎气味……"阿贝差点儿要笑出声。

"装什么蒜？你就是冲着563号项目来的，以为我们不知道？"

他不知道车长说的563是什么，更不知道车长接下来说的"备战""路线""两打三反""革命委员会"是什么意思。他只知道情况有点儿不妙了,一切都不像是开玩笑,也根本不好玩。他的手机被一把夺走,背包也被拎过来检查。幸好那里没有毒品。一张坐公共汽车的IC卡,他们似乎不懂,将其一一传看,没看出个所以然。几本足球杂志,他们似乎也不懂,将其仔细查阅,还对着灯光找什么纸纹暗影,还是没找出所以然。比起几件酸臭衣服和一双拖鞋,MP3当然是最大疑点。无论阿贝如何辩解,如何解释音乐和芯片,但它还是连同手机一起成了扣押品,眼看着被乘警略加清点,装入一个公文包,就要离他而去。

"哎哎哎,你们是哪盘菜?有搜查证没有?你们土鳖呵?脑残呵?二呵?你们怎么连手机都没见过?"他愤怒地大喊。

他一把抓住车长:"我要到法院控告你们!要在媒体上给你们曝光……你们不要以为我好欺侮,我报社电台里的哥们儿有的是!惹毛了我,叫你上午下岗,你不会等到下午的!"

大概是乘警嫌他猖狂,飞来一巴掌,打得他眼冒金花,有点儿飘飘然不知上下左右。等他抓稳了桌沿,校正了脑袋位置,找到了脸上热辣辣的痛感,他依稀听到车厢里发出一片口号声:打倒狗特务!打倒一切害人虫!打倒美帝国主义和反动派!……周围旅客都冲着他举起了森林般的手臂。

确实一点儿也不好玩。要不是女乘务拦着,一个老汉就要把雨伞扑到他头上,一个小孩儿还差点儿朝他吐痰。直到他被押走,人们还在气愤地议论:

"早就看出他不是什么好鸟。你看他那裤子像裤子吗?"

"当特务也穷成这样?怎么连理发钱都没有?"

"帝国主义是乱了种吧?怎么这家伙不男不女?"

"不是乱种,是耍流氓。男扮女装,就好钻女厕所。"

"对,肯定是这么回事。"

"应该把这个流氓塞到粪坑里去！"

"让我恶心死了！"

……

他被关入了一间窄小的乘务室。

他叫天天不应，叫地地不灵，完全成了个傻子。他怎么上了这么一趟奇怪的火车？怎么鬼使神差来到这里挨巴掌和蹲监房？更重要的是，他阿贝，小贝哥，贝克汉姆，什么事不好干，什么钱不能赚，怎么偏偏听宋虾子的瞎鼓动来收购什么文物？……他不知道眼下的麻烦如何了结，更不知道一旦行期再耽搁，自己还能不能保住公司里的饭碗。

窗外一片寂黑，偶有一辆对开的列车呼啸而过，咣当当差点儿撞在他的脸上。他看见了一闪而过的明亮车窗，甚至看清了车窗里的男女。他们多幸福呵，多温暖呵，多安全呵，说不定在那里喝啤酒啃鸡腿。他们肯定有手机，知道手机是怎么回事，能轻而易举证明阿贝的无辜。但他们无动于衷见死不救，唰唰唰消失得太快，像一道闪电。

他打门和踢门,把一铝皮桶当足球踢了好几脚。

没人理他。

他有点儿累,只好坐下来揉揉脸,发呆。他看见天花板上,一只小老鼠从夹板缝里探出头来,一点儿也不怕人,欢乐地吱吱两声,支着小尾巴又缩了回去。

好在一本奇怪的《新时代》还插在衣袋,可供他继续研究这列火车。

> 来的该来去的该去,
> 百年石头还是石头;
> 来的该来去的该去,
> 千年月亮还是月亮;
> 来的该来去的该去,
> 万年天空还是天空……

这是第四十二页上一位盲老人唱的,可车上并没有这样一位老头。这就是说,又有一处出入,可见小说并非预言——阿贝眼下很愿意相信这一点。但他宽心的时间不够长。随着后续情节在小说中展开,他读得禁不住两手发抖,全身发凉,一颗心再次提起来堵在喉头。没错,小说与他的遭遇确有出入,但小说中的老鼠是怎么回事呢(刚才他已经看见了)?暴雨是怎么回事呢(车窗外的水流已经拉出斜线)?打雷是怎么回事呢(车窗外已有闪光,刹那间黑夜如同白昼,千山万水突然涌现)?……而且差点儿令他晕过去的是:小说在第四十三页处说到子龙峡,叙说这列火车在那里与一片泥石流相遇,于是车轮出轨,车厢翻倒,电光迸溅,钢铁声大作,有两节车厢在挤压中升起来冲向高空,散落的车轮在草坡上飞跑……这也太恶毒了吧?

"喂,干了。"女乘务开门进来,把热乎乎的夹克扔给他,同时发现了他的惨白脸色。"你哪里不舒服吗?"

他喘着粗气:"前面,是不是经过子龙峡?"

"我什么也不告诉你。"

"你真以为我是特务?你看我像特务

吗？有这样仪表堂堂的特务吗？"

"难说，反正要等保卫处的核查。"

"我们没时间啦！"

"你什么意思？"

"你说，你告诉我，前面是不是要经过一个叫子龙峡的地方？"

"就算……那又怎么样？"

"天啦，我们真要出事了，已经玩儿完了。"

"不懂你说什么。"

"你当然不懂。你懂个屁呵！"阿贝怒不可遏从椅子里弹起来，"你们连可口可乐都不知道，还革委会呢，一个个脑子里进水，浑身的潮气没晒干。我问你，就算我是个特务，我会当着你们的面来发报？我要千方百计来让你们发现我？"

对方看来被这句话触动，有点儿不好意思："要是冤枉你了，我们给你赔不是。"

"赔？怎么赔？你看看我这半边脸。"

"大不了让你还我一巴掌，有什么了

不起？"

"你受得了？好笑，你是想成扁的还是散的？"

"你就那么毒呵？你就不能轻点儿打？就不能分几次打？再不，我叫我对象来顶替。他是特种兵，在部队里天天练挨打的。"

阿贝懒得对付特种兵，把《新时代》翻到第四十三页，要她自己去看去看去看。

对方看他一眼，又看杂志一眼，又看他一眼，疑疑惑惑把目光投向第四十三页。列车发生了剧烈晃动，灯光一暗一暗，当然干扰了阅读。对方不认识有些字，有时要问身旁的乘警，碰到大个子不认识的，还要回头来请教阿贝，更增加了阅读的周折。阿贝不耐烦这两个呆货，恨不能把从第三十八页到四十三页的字句一把抠出来，狠狠拍进他们的脑袋。但还没来得及这样做，一大群乘客突然登车了，顿时挤得车厢里秩序大乱。阿贝事后还知道，呆货们在手忙脚乱中还丢失了杂志——他知道这事时，真是欲哭无泪。

事情来得有点儿突然：当时列车驶过一座桥，司机借着车灯的光柱，发现前面路基上有很多人摇手拦车，后来才知道那是一批从洪水中逃出来的灾民。他们担心路基不够高，央求铁路工人兄弟带走他们，以防更大的洪峰到来。车长当即同意这一请求，大手一挥说全都免票，于是又哭又闹携家带口的灾民们一拥而上，带来了行包、竹筐、水滴、泥浆、扁担甚至鸡鸣狗吠，使车内顿时充满田园气息。很多人没法挤进门，只好从窗口爬。所有车厢内都挤成了人肉罐头，椅背上或行李架上都有杂技高手，脚丫子不时踩到他人的肩膀或脑袋。卧车厢也不能幸免，在车长命令下一律开放，装了人再说。

莫小婷那呆子顷刻间已忙得满头冒汗和头发散乱，刚让一个抱着大公鸡的娃娃找到妈了，刚把几个老人扶稳了和坐下了，又得驱赶攀高的几个汉子，以防他们压垮行李架。一声尖叫，她被新的人浪推过来，倒在阿贝的怀里。

阿贝觉得两张肉饼要搓揉成一块。他感到了女人身体的凸凹，有些脸红，忙说了声对不起对不起。

她瞪了一眼："你没手呵？还不帮帮我？"

他从对方手里接过了两个热水瓶和一块抹布。

这样，对方就腾出一只手，攀住他的脖子，不至于倒下去。

阿贝刚拥抱了一个肥胖农妇，眼下又被迫吻了女乘务的眉毛和前额，嗅到了陌生的头发气味，脸更红了，只好让身体尽量偏转，又拿出球场上的阴招，屁股使劲一撅，撅出身后"哎哟"的叫声。

挤死人啦！救命呵！我的桶子！你的爪子往哪里伸？……各种狂呼乱叫中，阿贝的腰部发力连环传递，一个人叫了，另一个人跟着叫，又一个人再跟着叫，多米诺骨牌一样最后导致一个坐在椅背上的汉子大摇双臂，仰面倒了下来，正好盖在阿贝的头上。幸好这一盖，阿贝与另一男人的架才没打成。当时他们不便施展拳脚,但鼻尖对鼻尖,唾沫星子互射,肩膀和胸脯已开始过招,接下来就可能要动用嘴巴了,看如何一举咬下对方的部件。

"不要闹!大家安静!我们来唱一首歌吧——"女乘务摇着双手大喊,"我们都是来自五湖四海——预备——起!"

说也奇怪,这首歌大家都会唱,也真唱起来了:"我们都是来自五湖四海,为了一个共同的革命目标走到一起来了……"奇妙的是,一唱这歌就泄了不少火气,很多人的动作开始变得柔和,体积似乎也悄悄收缩。"我们的干部要关心每一个战士,一切革命队伍的人都要互相关心,互相爱护,互相帮助……"

列车在歌声中开动。车厢里更松动一些,大概是一些灾民匀到了卧车厢。女乘务这才得以整理自己的衣服和头发,提着热水瓶什么的,把阿贝押回乘务室。

"你打什么架?还嫌车厢里不乱?我们

是红旗车组，战斗在最前线的车组，要让每一个旅客都感到温暖如家。你知不知道？"

"我不打，就没法让你。"

"谁要你让？特殊情况嘛。"

"你会以为我故意挤你，耍流氓。"

"你想什么呢？讨不讨厌？"

"我没想……"他说得有些含糊。

"哈哈，你脸红了？"

"我没脸红。"

"就是红了！就是红了！你就是乱了！"

"那是我热的……"

对方像发现了大秘密，下巴一点一点，有点儿兴高采烈和得意扬扬。接下来，她的动作也就有了欢快舞蹈的味道。她欣欣然用毛巾擦去阿贝头上和肩上的泥巴，欣欣然又要对方坐正，要对方转身，要对方伸出手来，用自己的手帕包扎手腕上一道血痕——不知阿贝刚才那是在哪里挂伤的。阿贝倒有些紧张。这间房实在太小啦，他感到对方的腿抵住他的膝，对方的发丝撩过他的脸，自己难免呼吸急促，全身开始冒汗。

直到门外有人叫她，她才提着水桶离去，咔嗒一声锁了门。

事后阿贝想起来，当时确实只有咔嗒一声。

事后阿贝无论怎样回忆也只得承认，当时只有咔嗒一声，连半句话都没有，连咳嗽之类也没有。

他是否应该大松一口气？

风雨还未停歇，车窗上还有斜斜的水流，黑森森的树影在车窗外起伏。列车一下钻入车轮声紧密的隧洞，一下又飘上车轮声柔远而稀薄的桥梁，正头也不回地向前狂奔。阿贝感到前方神秘莫测的第四十三页正在步步逼近——他相不相信那个结局？他怎样才能摆脱那个结局？或者他是否应该让女乘务也知道那个结局？

车头尖叫了两声，车身再一次剧烈晃动，然后明显放慢速度，大概是进入了弯道或坡道，再不就是又遇到什么险情。他神色一振，全身通了电一般，立刻朝车窗外看了看，几乎想也没怎么想就拉起了吱吱嘎嘎的车窗。在出窗前的那一刻，他扯出背包里的一条裤子，束紧了自己的腰，束出了及时的勇敢和果断。

他把两只腿从窗口先放出去，感到各种布片被疾风鼓荡，但既然半个身子已豁出去了就是箭已离弦，他一咬牙，终于跃入黑暗。

醒来的时候，他觉得光线太刺眼。又过了好一阵，待瞳孔渐渐适应光明，才发现自己躺在一片白菜地里，完全暴露在清鲜的乡村阳光下，全身都是泥，小虫子在脸上爬。

这不过是一个普通的早晨。有鸟叫。有绿树。有浮云中露出的蓝天。世界太安静了。他还活着吗？他试着挪挪脚，伸伸手，眨眨眼皮，吐一口带着泥沙的唾沫，发现除了右膝和右踝剧痛，其他部件还能听使唤。他当然还发现地边有一辆摩托车，一个男人走过来，好奇地看着他。

"帮帮我……救救我……"

对方上下打量他，把他散落在地边的背

包翻了翻,向他伸出两个指头。

"我不会……亏待你……等到了医院……"

对方摇摇头,再一次伸出两个指头。

阿贝想了想,只好把泥糊糊的手表摘下,扔了过去。

对方擦擦手表,把它放入口袋,似乎满意了,起身走向摩托车。不一会儿,他不知从哪里带来一辆农用汽车和两个青年,把"哼哼哟哟"的阿贝抬上车去。有意思的是,在汽车开动之际,阿贝发现身边两个青年都手握一罐可乐。不错,确实是那种眼熟的红白两色易拉罐,他感到无限亲切和无比激动的久违之物。

"你们……喝什么?"

两后生看看他,对视一眼,笑了笑。

"我不是要喝,我只是想知道你们喝什么。不不,其实我也知道这是什么,只是想知道你们怎么叫。不不不,我其实也知道你们的叫法,我只是……"

阿贝自觉说得太乱，但他就是想让旁人确证一下他的发现，确证一下他逃出噩梦的真实性。"中药水！"一个青年大笑以后又补充，"喝中药水，呸呸，还是曾麻子的苞谷烧味道足些。"

什么是曾麻子的苞谷烧？也是一种饮料吧？阿贝不明白。

他住进了医院。几天下来，右踝骨节已经复位，两处创伤也已愈合。大表姐已经来过这个县城医院了，给了他一张信用卡，买了水果和肉罐头，洗净了全部衣物，还就续假事宜同他的公司老板打了长长的电话。还好，在这个有香水味隐隐弥漫的地方，他可以大喝特喝可口可乐了，还可以扶着拐杖找电视看足球，去网吧找到足球游戏软件，让自己带领母校代表队把英超、意甲等各大牛队统统狂胜一轮，每一场至少赢下八粒球。他看着窗外的大雨曾略有一刻的恍惚。奇怪，不还是这玻璃窗上的水流吗？不还是这一片到哪里都差不多的萧瑟秋景吗？这生活怎么说变就变了?

护士拿来账单要他去缴款。他一翻账单就差点儿滚下床,差一点儿要再次跳窗逃逸。亲爱的!六万五!没搞错吧?不开玩笑吧?什么钱呵?他不知道自己是进了病房还是被绑了票。难怪这些天医生对他笑容可掬,不厌其烦地来量血压、测心律、做X光、做彩超、做CT……口口声声这些绝不多余,完全是为了对他的身体高度负责。这下好,光量血压就量去了三千多,不是明摆着是要逼高他的血压?

他自觉血压升高的叫骂引起了骚乱。三四个白衣男女拥入病室,倒也不生气,倒也很耐心,只是向他详细讲解每种收费的依据,让他明白血压高无理。

降压药总算出现。一个穿白大褂的老太婆走来,有点儿领导模样的,对账单皱起了眉头,抽出圆珠笔在这里一勾在那里一划:"哎呀呀,对外地客人要优惠一点嘛。这笔免了,这笔减半,这笔也打折……"然后将账单递给阿贝。见他还黑着一张脸嘟嘟哝哝，又再次善解人意地操起圆珠笔："这样吧，大家都献点儿爱心。这笔归你出——"她指着一个部下；"这笔归你出——"她指着另一个部下；"这笔归我——"她拍拍自己的胸口。

六万五已一减再减，最后成了一万六，周围的白衣人士已有悲壮表情，阿贝还能说什么？况且老太婆最后还发话，称确实困难的话就不必缴啦——但这种没面子的事，一个伟大球星肯定做不出来。

他只能交出信用卡，还傻傻地说了声"谢谢"。

他卡里没多少钱了，得打电话求大表姐再往卡里打一点儿，往空空衣袋里一摸，才记起了自己的手机。他悲愤地想了想，去网吧上机搜索关于子龙峡的消息，发现毫无线索。又去附近的报摊，看报上是否有类似的报道，还是一无所获。让人心烦的是，一个大盖帽见他随地吐痰，按最新规定罚了他十块钱，把他好好说道了一番。

他觉得手机一事还是戳心，便雇一辆出租车直奔火车站，找到了问讯台。一位穿制服的小姑娘看了看他的车票："这是什么票呵？我怎么从没见过？"

"我六天前买的，就在你们前两站买的。"

"假票吧？"

"我上了车呵！怎么可能有假？"他大叫起来。

小姑娘看了他一眼，叫来了几个同事，大家也把票看来看去，交头接耳。一个头发半白的老铁路最后对阿贝说："先生，你这种票二十几年前才用，你不知道？年轻人，生财得有道，你不能乱来呵。"

对方显然听说了他的手机和MP3，把他当成了一个上门取闹的讹诈者。

"你的意思，我一跳就从二十多年前跳到了今天？"

"不能这么说，你没这么大的本事。不

过人都有犯糊涂的时候。报上不是说了吗？有一个人，在自家门口摔了一跤，就摔得没记忆了，不认识爹妈了……"

"这怎么可能？"阿贝急急地拉起裤脚，亮出里面的白色纱布。"你的意思，我这些伤口是二十多年前留下的？二十多年前我才多大？敢跳车吗？我奶毛还没脱，牙齿还没长齐，敢拿自己的命开玩笑？"

有人冷笑，有人摇头，有人对他挤眉弄眼，大概听完他的故事，都以为他病得不轻。还有些目光明显透出快意：骗谁呢？黑吃黑，这下活该了吧？只有老铁路还算厚道和耐心，戴上老花镜将车票再细看片刻，引他来到一间办公室，打出了两个电话。"对不起，"他最后无奈地退还车票，"找是找到了。二十多年前是有过这趟车，是有过这么一场车祸。我也想起来了，那次伤亡不小，光我们局就有五六位员工……光荣了。"

"你骗人！"

"我怎么骗人？子龙峡那里还有块纪念

碑，我都参与过建设的。"

"你这家伙胡说八道！"

"年轻人，你怎么出口伤人呢？我好心帮你查查……"

"你们休想串通一气！你们休想花言巧语！告诉你，我手上有证据，还有人可以做旁证，我同你们——没完！"

阿贝歪着一张脸冲出了车站。

他决心追查到底，一不做二不休，带上出租车再奔子龙峡。司机正好在播放一盘音乐磁带，听起来有点耳熟。"我们都是来自五湖四海，为了一个共同的革命目标走到一起来了。我们的干部要关心每一个战士，一切革命队伍的人都要互相关心……"阿贝一怔，问这是什么歌。司机说不知道，反正是老歌。当这一曲要转到下一曲，阿贝请司机将前面的再放一遍，就这么锁定放下去。司机从后视镜看了他两眼，似乎觉得这个人有点怪。"你不要听周杰伦？"他问了一句。

子龙峡不算远，汽车很快到了。只是

时过境迁，纪念碑似有似无，很多人对阿贝的问话都只是摇头。这样，这位阿贝颇费周折，先找到一个学校，再找到一个牛场，最后才一拐一拐钻过竹林，爬上山坡，跨过牛粪，分开割脸割手的茅草，找到一块破损不堪的水泥平台。在他前面，一座爬满青苔的石碑果然出现了。这确实是对一场大事故的纪念。从那些红漆剥落的刻字可以看出，二十多年前的一个夜晚，某列车在此地遭遇泥石流。铁路员工们为了搜救车厢里被困旅客，坚持最后撤离现场，不料其中几位被新的泥石流无情吞没。他们的名字是陈某某，张某某，席某某，单某某……阿贝果然在碑面还找到了一个名字：

莫小婷。

就是杂志上出现过的那个名字，也是那位女乘务应答过的名字。

世界上不会有这样巧合的同名人吧？他拍拍自己的脑袋，开始有点儿怀疑这东西了。捏一捏青苔，发现它是潮的，滑的，应该说真实无欺。他折一折树枝,发现它是硬的,脆的,应该说也货真价实。一声大哭,原来是一声鸟叫,是树林里一大群黑鸦扑拉拉惊飞而去,似乎搅起一阵侵骨的寒风。

他呆呆地在碑前坐了一阵,面对着粗糙的刻字无可奈何。他终于从衣袋里掏出两条白纱布,系在石碑前的小树枝上;又操着石片刮去碑面的青苔,就近摘来一些松枝和野花,让它们守护和陪伴石碑。

事后他想起来,当时脑子里什么也没有。

事后他无论怎样回忆也只得承认,他甚至已记不清那个女乘务的面容,如同真是一片二十多年前的空白。

他不知何时下了山,一路上不再说话,只是喝了不少酒,摇摇晃晃上了另一列火车,在我们眼下的这一页稿纸上朝地平线那边飞逝而去。这列车上有暖气,有高清电视屏,还有可旋转的沙发座,显然让他十分放心,似乎又让他有所不安。他又要了一瓶小件的二锅头,飘飘然从车头游到车尾,像寻觅什么熟人,又几次求看乘客手上的杂志,检查杂志封面,似乎对封面很有兴趣。在很长的时间里,他还伸长脖子东张西望。

"我看到第四十三页了。"邻座一位姑娘合上手里的书,放出一个哈欠,倒在身边男朋友的怀里。

阿贝哇的一声差点儿跳起来,事后发现自己竟一身冷汗。

他瞥了一眼,发现那是本封皮花哨的外国童话。

谢天谢地。

车速越来越快了。钢铁车轮声时厚时薄时急时缓在脚下响着。列车一下钻入黑暗无边的隧洞,一下又晾在无依无靠的高桥,与迎面而来的列车擦肩而过。在我们眼下的稿纸上,这位逃出小说的主人公看见了哗哗而过的明亮车窗,甚至看清了车窗里的男女——那些五光十色的人,想必是无忧无虑的人吧?但他只看到了一节节被速度压瘪了的车厢,看到了一叠薄如纸片的窗口,其实什么也没看清。

附 一

值得补记一笔的是,主人公阿贝摘松枝时划伤了手,在稿纸上五官收缩成一团,曾忍不住回头冲着我(即本文作者)大叫:"你乱写些什么?小说里那傻丫头不是没死吗?怎么又冒出这块碑让我找找找?"

"是吗?"我赶紧翻前面的稿纸。

"怎么不是?第四十三页里可没有这一条,我记得很清楚。"

我叹了口气:"是的,她在小说里是没死,但你得知道,小说毕竟不是生活,更管不住生活。有时候,作者拿她这样的人也没办法。"

"就算死,那也是革命烈士,至少是因公殉职,是有待遇的。你把这里也写得太荒芜了吧?她不是有个弟弟吗?不是有个未婚的兵哥哥吗?不是还有他们救下来的那些王八蛋乘客吗?怎么也不能来打理一下?他们死到哪里去了？你告诉他们，最好不要让我碰着。不然我见一个修理一个，打得他妈不认得他！还有那个砖窑——"他指着纪念碑下方的砖窑和浓烟，还有逼近纪念碑的林木砍伐，气出了怒发冲冠的模样。

我面对稿纸笑了笑："也就是给树刺划一下，你如何这样窝火？"

"划一下？我在你这里挨打挨骂，只差没搭上一条命。"

"你本可以少摘些松枝和鲜花，也没必要修整台阶。我是说你刚才……".

"你以为我想来这里？今天有一场意甲赛，ＡＣ米兰对佛罗伦萨。我亏大了我。"

"可是你还是来了，还带来了白纱布。你怎么想到这一点？"

"什么意思？不都是你写的？"

"我刚说了，有时候作者并不能指挥笔下的人物。"

"这事赖上我了？"

"看看，你又脸红了，其实我没说你做

错什么。"

"得了吧。告诉你,我最讨厌你写我脸红。你们这些家伙,也只有这点味精来吊胃口。你怎么没写我三角恋?怎么没写我一夜情?怎么没写我遗精和自慰?拜托了,你们能不能玩点儿别的套路?你以为自己真那么聪明?"

"当然,我并不说你有什么别的心思……"

"打住,打住!"他朝我做了个叫停的手势,"你们这些人总把自己当根葱。包括刚才你那些摘花什么的,白纱布什么的,酸,太酸,删了吧。如果你现在用笔,就把那些涂掉。如果你现在用电脑,就用DELETE键,就在你键盘右上方。找到没有?告诉你,我根本不想来这里大汗横流!"

"我感兴趣的是,你还是来了,比我想象的还激动。我对此有些奇怪。"

"不要同我说这些!我没文化,我猪脑子。"

"其实你不光是想找回手机和MP3,我看出来了。"

"活祖宗,你还让不让我走?你话痨呵?骗稿费呵?"

"好吧,就快了,就快完了。你要知道,文学不是由你主宰,也不是由我主宰。也许是市场或者什么在暗中指挥我们。我承认对你的了解有限,本来也不想这么写,但《新时代》的吴编辑一定要我填满八个P的版面,还定要我添上一个漂亮的女乘务与你搭档。这当然有点儿俗套,但大多数读者挑剔这种俗套,又离不开这种俗套。没有办法……"

他摇摇手,一拐一拐地下坡,"不行不行,我饿了。你写的这些狗屁统统见鬼去吧!"

他重新钻进出租车,要司机开车下山。当天晚上,他甚至不经我的同意就拎着酒瓶上了另一列火车,就是他眼下正酣睡其中的那一列。

附 二

就在这同一列车上,一位老妇人摘下黑眼镜,对我(即本文作者)冷笑了一声:"你以为事情就这么完了?你已经不是第一次对本院的名誉损害了。告诉你,律师会来与你交涉的。"说完气呼呼打开一张报纸,目光落在股票版上。

2008年5月

* 最初发表于2008年《北京文学》杂志,同年获《北京文学》优秀作品奖。

归去来

很多人说过,他们有时第一次到了某个地方,却觉得那地方很眼熟,奇怪之余不知道是何原因。

现在,我也得到这种体会。我走着,看到土路一段段被洪水冲过,冲毁得很厉害,留下路面一道道深沟和一窝窝卵石,像剜去了皮肉,暴露出人体的筋骨和脏器。沟里有几根腐竹,一截烂牛绳,是村寨将要出现的预告。路边小水潭里冒出几团一动不动的黑影,不在意就以为是石头,细看才发现它们是小牛的头,鬼头鬼脑地盯着我。它们都有皱纹,有胡须,有眼光的疲惫,似乎生下来就苍老了,有苍老的遗传。前面的芭蕉林后冒出一座四四方方的炮楼,墙黑得像经过了烟熏火燎。我听说过这地方以前多土匪,还有"十年不剿地无民"一类说法,怪不得村村有炮楼。民居房屋也决不分散,互相紧紧地挤靠和纠缠。石墙都厚实,上面的窗户开得又高又小,大概是防止盗匪翻爬,或者是防止瘴雾过多涌入。

这一切居然越看越眼熟。见鬼,我到底来过这里没有呢?让我来测试一下吧:踏上前面那石板路,绕过芭蕉林,在油榨房边往左一折,也许可以看见炮楼后面一棵老树,银杏或者是樟树,已经被雷电劈死。

片刻之后,预测竟然被证实!连那空空的树心,还有树洞前两个烧草玩耍的小娃崽,似乎都依照我的想象各就各位。

我又怯怯地预测:老树后面可能有栋牛房,檐下有几堆牛粪,有一张锈了的犁或者耙。没想到我一旦走过去,它们果然清清晰晰地向我迎来!甚至那个歪歪的石臼,那臼底的泥沙和落叶,也似曾相识。

当然,我想象中的石臼里没有积水。但

再细想一下，刚下过雨，屋檐水就不该流到那里去吗？于是凉气又从我的脚跟上升，直冲我的后脑。

我一定没有来过这里，绝不可能。我没得过脑膜炎，没患过精神病，脑子还管用。那么眼前的一切也许是在电影里看过？听朋友们说过？或是曾在梦中相遇……我慌慌地回忆着。

更奇怪的是，山民们似乎都认识我。刚才我扎起裤脚探着石头过溪水时，一个汉子挑着两根扎成A字形的杉木从山上下来，见我脚下溜溜滑滑，就从路边瓜地里拔出一根树枝，远远地丢给我，莫名其妙地露出一口黄牙，笑了笑。

"来了？"

"嗯，来了……"

"怕有上十年了吧？"

"十年……"

"到屋里去坐吧，三贵在门前犁秧田。"

他的屋在哪里？三贵又是谁？我糊涂了。

随着我扶杖走上一个坡，一些黑黑的檐瓦在前面升起来。几个人影在地坪中翻打豆荚，连枷摇得叭叭响，几下重，又一下轻，几下重，又一下轻，形成了统一的节拍。他们都赤脚，上衣短短地吊着，露出脐眼和软和的肚皮，裤边松松地搭在胯骨上，看上去随时可能垮落下来。这些人脸上都有棕色的汗釉，釉块的边缘残缺不齐，在日光下一晃，颧骨处就有一小块反光。直到发现他们中的一个走向摇篮开始解怀喂奶，直到发现她们都挂了耳环，我这才知道他们应该是她们——女人。有一位对我睁大了眼。

"这不是马……"

"马眼镜。"另一个提醒她。觉得这个名字好笑，她们都笑了。

"我不姓马，姓黄……"

"改姓了？"

"没改。"

"就是，还是爱逗个耍呵？从哪里来的？"

"当然是县城。"

"真是稀客。梁妹呢？"

"哪个梁妹？"

"你娘子不是姓梁？"

"我那位姓杨。"

"未必是吾记糟了？不会不会，那时候她还说是吾本家哩。吾婆家是三江口的，梁家畲，你晓得的。"

我晓得什么？再说，那个马什么又与我有什么关系？姓马的怎么又扯出一个姓梁的？……事情有点儿复杂。我似乎是想去访友，想做点儿生意，却鬼使神差地来到这里。我不知自己是怎么来的。

这位大嫂丢下连枷，把我引进她家里。门槛极高，极粗重，不知被多少由少到老的人踩踏过，不知被多少代人闲坐过，已经磨得腰中部分微微凹陷，木纹像一圈圈月光在门槛上扩散开来，凝成了一截月光的化石。小娃崽过门槛要靠攀爬，大人须高高地勾起腿，才能艰难地倾着身子拐进去。门内很黑，一切都看不清楚。只有高高的小窗漏下一束光线,划开了潮湿的黑暗。我的瞳孔好半天才适应过来,可以看见满壁烟灰,还有弯梁和吊篓。我坐在一截木墩上——这里奇怪地没有椅子,只有木墩和板凳。

妇人们都叽叽喳喳地挤在门口。喂奶的那位毫不害羞,把另一只长长的奶子掏出来,换到孩子嘴里,冲我笑了笑,而换出的那一只还滴着乳汁。她们都说了些奇怪的话……"小琴……""不是小琴。""是吧?""是小玲。""哦哦。小玲还在教书吧?""何事不也来耍耍?""你们都回了长沙吧?""是长沙城里还是长沙乡里?""有娃崽没有?""一个还是两个?""小罗有娃崽没有?""一个还是两个?""陈志华有娃崽没有?""一个还是两个?""熊头呢?找了娘子没有?""也有娃崽了吧?""一个还是两个?"……

我很快察觉到,她们都把我错当成一位既认识什么小玲也认识什么熊头的"马眼镜",一位曾经居住在这里的青年。也许那家伙同我长得很像,也躲在眼镜片后面看人。

他是什么人?我需要去设想和伪装他吗?从女人们的笑脸来看,今天的吃和住是不成问题了,谢天谢地。当一个什么姓马的也不坏。回答关于一个还是两个的问题,让女人们惊讶或惋惜一阵,不费多少气力。

梁家畲来的大嫂端来一个茶盘,四大碗油茶,我后来才知道,这是取四季平安的意思。碗边黑黑的,令我不敢把嘴沾上去,不过茶倒香,有油炒芝麻、红豆以及糯米的气味。她满意地看着我喝下第一口,把地下两件娃崽的衣捡起来,丢进木盆,端到里屋去,于是一句话被切分成两半:"老久没有听到你的音信,听水根夫子说……"(半晌才从里屋出来)"你一回去,就坐了大牢。"

我吃了一惊,差点儿让油茶烫了手。"什么大牢?"

"就是判徒刑呵。"

"胡说,我从来没犯过事!"

"背时的水根打鬼讲!讲得跟真的一

样,害得吾家公公还吓心吓胆,还为你烧了好多香。"她捂嘴笑起来。

妇女们都笑起来。有一位还绽开黄牙补充:"她公公还到杨公岭求了菩萨呢。"

真是晦气,扯上了香火与菩萨。也许那个姓马的真的撞了什么煞,确有牢狱之灾,而我代替他在这里喝油茶。

大嫂又敬上了第二碗。"他老是挂牵你,说你仁义,有天良。你给他的那件袄子,他穿了好几个冬天。他故了,我就把它改了条棉裤,满崽又穿……"

我想谈谈天气。

屋里突然暗了下来,回头一看,是一个黑影几乎遮挡了整个门。看得出这是个男人,赤裸的上身线条很硬,隆起的肌肉有棱有角。他手里提着什么东西,从那剪影来看,是个牛头或是树蔸。黑影向我笼罩过来了,没容我看清面孔,他扑通一下丢掉了手里的东西,两只大巴掌捉住了我的手开始猛锉起来。"是马同志呵,哎哟哟,呵呀呀……"

我又不是一条毛虫,他惊恐什么?以至于发出这样的尖声?

当他转到火塘边,侧面被镀上了一层光亮,我这才看清是一张笑脸,有黑洞洞的大嘴巴,有满嘴的胡桩。

"马同志,何时来的?"

我想说我根本不姓马,姓黄,叫黄治先,也不是来寻访故地的,只是进山来随便问问山货。

"还识得吾吧?你走的那年,还在螺丝岭修公路,吾叫艾八呵。"

"识"大概是认识的意思。

"艾八?识的识的。你那时候当队长?"

"不是队长,吾当记工员。你嫂子,还识不识呵?"

"识的识的,她最会打油茶。"

"吾同你去赶过肉的,记不记得?那次吾要安山神,你说是迷信,不让我敬香和念诀。结果还不是?野猪毛都没打到一根。你还碰上牧麻草,染了一身毒疮。你碰了只小麂子,也没叉着……"

我听出来了,"赶肉"是打猎的意思。

黑洞洞的大嘴巴笑起来。女人们也笑了笑,然后纷纷起身,摇晃着宽大的屁股,出门继续去打场。自称艾八的男人搬出一个葫芦,向我大碗大碗敬酒。酒很浑浊,有甜味,也有辣味和苦味,据说浸过什么草药和虎骨。他不抽我的纸烟,用报纸卷了一支喇叭筒,吸一口,吸出了烟头的明火,但看也不看一眼,待我着急了好一阵,才从从容容一口气把明火荡灭,烟卷还是好好的。

"如今日子好过了,酒肉不稀奇。过年,家家都杀了猪,柴熏肉要吃半年。"他抹着嘴巴,"只有那几年大干快上,累得翻斤斗,谁都没得禄。你晓得的。"

"是没得禄。"

"你视德龙哥了吗?他当了乡长,昨日到捉妹桥栽树去了,兴许回来,兴许不回来,兴许又会回的。"他谈起一些令我糊涂的人和事：某某做了新屋，丈六高；某某也做了新屋，丈八高；某某也要做屋了，丈六高；某某正在打地基，兴许是丈六也兴许是丈八。我紧张地听着，捕捉这些话后面的各种脉络，猜测某些陌生词语的含义。"视"大概就是指看，"得禄"大概是指得利。还有一个个"集"，是起立的意思，还是站立的意思？

我有点儿醺醺然头重脚轻了，对丈六或丈八胡乱地表示着高兴。

"你这个人念旧，还进山来视一视。"他又把烟纸吸出了浅浅的明火，让我暗暗急了几秒钟。"你当民师那阵发的书，吾还存着哩。"他咚咚地上楼，好半天才头顶几丝蜘蛛网下来，拍着几页黄黄的纸。这是一本油印的小书，大概是识字课本，已经撕去封面了，散发出霉气和桐油气。上面好像有什么夜校歌谣、农用杂字、辛亥革命，还有马克思以及地图，印得很粗糙，一个个字也大得出奇，杂有油墨团子。

"你那时也遭孽,饿得脸上只剩一双眼睛,还来讲书。"

"没什么,没什么。"

"腊月大雪天,好冷呵。"

"是好冷,鼻子都差点儿冻落了。"

"有时候晚上还要开田,打起松明子出工。"

"嗯啦,松明子。"

他突然神秘起来,颧骨上那一小块光亮,还有几颗酒刺,一齐朝我逼近。"吾想打听件事,阳矮子是不是你杀的?"

阳矮子?我头盖骨乍地一紧,口腔也僵硬,连连摇头。我压根儿不姓马,也没见过什么阳矮子,怎么刑事案都往我身上扯?

"真的不是你?"

"我连鸡都没有杀过。"

"这就怪了。"见我否认,他似乎有点儿怀疑,又不无遗憾,"都说是你杀的。那家伙是条两头蛇,该杀!"

"还有酒没有?"我岔开话题。

"有的有的,尽你的量。"

"这里有蚊子。"

"蚊子欺生,要不要烧把草?"

草烧起来了。又有一批批的人来看我,拐进门来,照例问起身体可好和府上可安一类。男人们接过我的纸烟,嗖嗖嗖地抽得很响,靠门或靠墙坐下来,眯眯笑,不多言语。他们相互之间偶尔说上一两句,无非是说我胖了,或者说我瘦了;说我老多了,或者说我还很"少颜",当然是城里油水厚的缘故。待纸烟烧完,他们又笑一笑,说是去倒树或下粪,懒散地出门而去。有几个娃崽跑过来,把我的眼镜片考察了片刻,紧张得兴高采烈,恐惧得有滋有味:"里面有鬼崽,有鬼崽!"他们一边宣告一边四下奔逃。还有一位女子,咬着一根草站在门边,反复打量着我却不说话,不知是什么意思,弄得我很不自在。

这类事我已经碰得多了。刚才我去看他们种的鸦片,路上碰到一位中年妇人。她一见我就显得恐惧，脸色像一盏灯突然黯淡，赶紧拔了拔鞋后跟，低头择路而去，也不知道是什么缘故。难道姓马的曾经与她有过什么麻烦？

艾八说我还应该去看看三阿公——其实三阿公已经不在，不久前死于蛇咬，只是在人们的谈论中还留下了一个名字。在砖窑那边，他的孤零零小屋已有一半倾斜，眼看就要倒塌。两棵大桐树下，青草蓬蓬勃勃地生长，已从四面八方包围过来，阴险地漫上了台阶，摇着尖舌般的草叶，眼看就要吞灭小屋，吞灭一个家族的最后几根残骨。挂了锁的木门，已被虫蛀出了密密小洞，在门边留下一堆堆蛀粉。我不知道主人在的时候，房屋是否会破败得这么厉害。难道人是房屋的灵魂，一旦灵魂飞去，躯壳就会腐朽得如此迅速？齐腰深的草丛里倒栽着一盏锈马灯，上面有几点白色的鸟粪。还有一个破了的瓦坛子，你不经意地一碰，坛口就嗡的一下涌出很多蚊子。艾八叹了口气，说这口瓦坛腌泡的酸菜最好,当年我就经常来这里吃酸黄瓜和酸豆角。(是吗?)艾八扯掉门前几把草,又打望檐下的蛛网与鸟窝,说墙头灰壳剥落之处,那几个还未完全褪色的油漆字,"放眼世界"云云,还是我当年写的。(是吗?)

我朝窗里瞥了一眼,看见屋里有半筐石灰,几捆干柴,还有一个铁圆盘,细看一阵,才发现是铁杠铃,已经锈得不成样子——我感到惊异,这种罕见的体育用品,怎么会出现在山里?是怎么运来的?大概不用问,也是我从城里运来,直到临走时才送给三阿公的。是吗?我希望三阿公用它去打几把锄头或耙头,而他终究还是没有打。是吗?

有人在坡上唤牛:"呜吗——呜吗——"于是满山都是回声,林子里有隐隐的牛铃声响。我发现这里唤牛的方式比较特别,像一声声喊妈,喊得有些凄凉。

一位老阿婆背着小小柴捆,从山上走下来,腰弯得几乎成了直角,每走一步下巴就朝前一锄,像一步步锄着归途。她抬头仰望了我一眼,黑瞳孔顶着上眼皮,但目光似乎穿透了我的脑袋,投向我身后的桐树,还有桐树上的鸟巢。她没有任何表情,只有满脸皱纹深刻得使我一震。"树也死了。"她看看高高的桐树,又看看三阿公的老屋,没头没脑地嘟哝:"人也死了呵。"然后慢慢地锄着步子离开,额上几根枯枯的银丝,被一阵阵寒风压下去,压下去,再压下去。

我现在相信,我确实没有来过这里。我更无法理解老阿婆的这句话——一片无法看透的深潭。

晚饭做得很隆重。牛肉和猪肉都大模大样,神气十足,手掌大一块,熬得不怎么熟,有一股生油味,一层层堆出了碗口,靠草箍码成了砖窑模样——几千年来山民们就有这种待客的豪爽和奢侈吧。同很多地方的规矩一样,男客才能上桌。不过有种做法比较新鲜:如果有哪位没来,主人就在空着的座位前摆放一张草纸,大家吃一块,往纸上夹一块,算是那位也吃了。席间我继续充当马眼镜,应邀唱了几首歌,谈了些城里的故事,生意之事当然也在偷偷进行。我谈到了香米,他们根本不肯出价钱,简直是要白送。至于鸦片,今年鸦片好是好,但国家药材站统一收购,我果然没法插手。

"阳矮子该杀。"

艾八嘶嘶地喝下一口热汤,把汤勺放回桌面黏糊糊的老地方,又在碗边猛敲筷子,"翘屁股,圆手板,什么功夫都做不像,还起了两栋屋,不就是靠窝心阴毒?"

"就是,哪个没挨过他一绳子?吾腕子上现在还两道疤。操他老娘顿顿的!"

"他到底是何事死的?真的碰了血污鬼,跌到崖下去了?"

"人再狠,拗不过八字。命里只有一升,偏要吃一斗。夏家湾的洪生也是这个样。"

"连老鼠肉都敢吃,几多毒辣!"

"是蛮毒辣,没听见过的。"

"熊头也遭孽,挨了他两巴掌。明明是几管颜料,吾视过的,染不得布,油不得桶,只在纸上画得菩萨。他硬说是国民党的炮子。"

"炮子"就是子弹的意思。

"也怪熊头的成分大了一点。"

我鼓足勇气插了一句:"阳矮子的事,上面没派人来查过吗?"

艾八把一块肥肉咬得吱吱响:"查过的,查卵呵!那天来找我,我背都不给他们看。哎,马同志,你的酒没动呵?来,取菜取菜,取。"

他又压给我一大块肉,令我喉头紧缩,只好再次做出装饭的模样,溜入暗处时把肉拨给胯下一挤而过的狗。

饭后,他们说什么也要我洗澡,我怀疑这是不是当地的风俗,得装得很懂,很配合。没有澡堂,只有大木桶一个,足可以装几锅热水,戳在灶屋当中,如同让我在广场上脱衣起舞。女人们在桶前来来去去,梁家畲来的大嫂还不时用瓜瓢来加水,使我不好意思,往桶内一次次蹲躲。直到她提桶去喂猪，我才偷偷出了口长气。我已经洗得一身发热，汗气腾腾了。大概水是用青蒿熬出来的，全身蚊虫咬出来的红斑，一过水就不再痒。头上那盏野猪油的灯壳子，在蒸汽中发出一团团淡蓝色光雾，给我的全身也抹上一层幽冷。

　　洗着洗着，我望着这个淡蓝色的我，突然有一种异样的感觉，好像这具身体很陌生，与我没有关系。他是谁？或者说我是谁？这具赤裸裸的肉身有手脚，可以干点儿什么；有肠胃，要吃点儿什么；生殖器呢，当然可以繁殖后代。由于很久以前一个精子和一个卵子的巧合，才有了一位祖先。这位祖先与另一位祖先的再巧合，才有了另一个受精卵子，有了世世代代以后一具淡蓝色的身体。作为无数偶然巧合之后的一个受精卵子，他或者我为什么要来到这个世界？……我蠢头蠢脑地也许想得太多了。

　　我擦拭着小腿上一道伤疤。这是不久前在足球场上被钉鞋刺伤的，但似乎也不是，而是……一个什么矮子咬的。那是一个雨雾蒙蒙的清早？是在那条窄窄的山道上？他撑着伞过来，被我的目光盯得全身颤抖，脸上红一块白一块，然后跪下，然后叩头，说他再也不敢，再也不敢了。他说二嫂的死与他毫无关系，三阿公的牛也不是他牵走的，熊头被抓入狱更不是出于他的举报。最后，他在一根绳子下反抗，眼球暴凸得像要掉出来，一嘴咬住了我的小腿，双手揪住绳套，接着又猛地伸开去，在空中抓拉一阵，十个指头最后抠进泥沙。

我不敢想下去，甚至不敢看自己的双手——是否有血腥味和牛绳勒伤的痕迹？是否将成为刑警辨认和展示的物证？

我现在努力断定，我从来没有来过这里，更不认识什么阳矮子。眼前这一团团淡蓝色的光雾，我甚至从未梦见过。

堂屋里还很热闹。有一位老人进来，踩灭了松明子，说他以前托我买过染布的颜料，欠了我两块多钱，现在是来还钱的，还请我明天去他家吃饭。这就同艾八争起来了。艾八说他明天接裁缝，已经砍了肉，已经买了豆腐，明天我毫无疑义该去他家……趁他们还在争执，我悄悄溜出门，浅一脚深一脚上了石板路，想去看看我以前住过的老屋——听艾八说，马眼镜以前就住油榨房后的那间瓦房。

又经过了桐树下，又看见了杂草将要吞灭的破屋。萤虫是破屋的眼风，鸦噪是它的咳嗽，沙沙树叶声是它的低语。我甚至还感到了一股似有似无的酒气。

孩子，回来了吗？自己抽椅子坐下吧。吾对你说过的，你要远远地走，远远地走，再也不要回来。

可是，我想着你的酸黄瓜和酸豆角。我自己也学着做过，做不出那个味。

那些糟东西有什么好吃呢？那时候是你们饿，遭孽，一犁拉到头，连田塍上的生蚕豆也剥着吃，才会觉得什么都好吃。

你总是惦记着我们，我知道的。

谁没个出门的时候呢？那是该的。

那次担树丫，我们只担了九担，你记数，总说我们担了十担。

吾不记得了。

你还总是催着我们剃头，说头发和胡须都是吃血的东西，留长了会伤精气。

吾不记得了。

我该早一点儿来看你的。我没想到，变化会这么大，你走得这么快。

该走了。再活不快成精了吗？

阿公，你抽烟吗？

小马，喝茶自己去烧吧。

……

我离开了那股酒气，举着将要熄灭的松明子，想着明天早上要干的农活，不时听到脚边的青蛙跳到水田里，摇摇晃晃地回家。但我现在手中没有松明子，我的家也变成了牛房，显得如此生疏和冷冽。我看不清屋里的情景，只听到牛反刍的声音，还有牛粪热烘烘的酸臭涌出门来。几头牛以为是主人来了,有什么好事,头挤头地往外探,撞得木头门栏咔嗒作响。我每走一步,脚步声就从牛房土墙上折回来,一声套着一声,似乎还有一个人在墙那边走,或是在墙里面走——这个人知道我的秘密。

巨大的月亮冒出来,寨子里的狗好像很吃惊,猗猗地叫唤。我踏着树影筛下的月光,踏着水藻浮萍似的圈圈点点,向村口的溪边走去。此情此景,使我猜测溪边应该坐着一个人,比方说一位姑娘,嘴里含一片木叶什么的。

溪边老树下果然有人影。

"是小马哥?"

"是我。"我居然应答得并不慌张。

"你们喝酒也喝得太多了。"

"你……是谁?"

"我是四妹子,听不出来?"

"四妹子,你长得好高了。要是在外面什么地方碰到,我根本认不出你。"

"你跑的世界大,就觉得什么都变了。"

"家里人都好吗?"

"你还好意思问。"

"怎么啦?"

她突然沉默了,望着溪那边的水榨房,声音有些异样。"你为什么还要回来呢?为什么不忘记这个地方呢?吾姐好恨你……"

我紧张地回望村里的灯光,有点儿想逃之夭夭。"对不起,我有很多事情不知道,也一直说不清楚……"

"你傻呵?你疯呵?那天你为哪样要往她背篓里放苞谷呢?女儿家的背篓,能随便放东西吗?她给了你一根头发,你也不晓得?"

"我……我不懂,不懂这里的规矩。我只是……想要她帮忙,让她背些苞谷。"

大概回答得不错,还可以混过去。

"你教她扎针。"

"她一直想当个医生。其实我那时也不懂,只是翻翻书,乱扎。"

"你还教她读书。"

"我以为她只是要多认几个字。"

"你们城里人,是没情义的。"

"你不要这样说……"

"就是,就是!"

"我知道……你姐姐是个好姑娘。我知道,她对我也很好。她歌唱得好听,针线活做得巧。有一次带我去捉鳝鱼,下手就是一条,次次都不落空。这些我都是知道的。可是,有好些事我确实不知道,永远也说不清楚。我对她没有做过坏事。"

她捂着脸抽泣起来。"那个姓胡的,好狠毒哩。"

我似乎知道这是什么意思,继续试探着回答下去:"我听说了。你放心,我迟早要找他算账。"

"那有什么用?有什么用呵?"她跺着脚,哭得更伤心了,"你要是早说一句话,事情也不会这样。吾姐已变成了一只鸟,天天在这里叫你。你听见没有?"

月光下,我看见她的背脊在起伏,落下来的头发在抖动。我真想伸出一只手去擦泪，更想让所有泪水都流进我的嘴里，咸咸的，苦苦的，被我吞饮。但是我不敢。这是一个奇怪的故事，我不敢舔破它。

树上确实有只鸟在叫唤："行不得也哥哥，行不得也哥哥——"声音孤零零地射入高空，又忽悠悠飘入群山，坠入树林。我抽了支烟。

行不得也哥哥。

行不得也哥哥。

我走了，行前给四妹子留了张字条，请梁家畲来的大嫂转交。我在信中说她姐姐以前想当医生，终究没当成，但愿妹妹能实现姐姐的愿望。路是人闯出来的，她愿意投考卫生学校吗？我将寄给她很多复习资料，寄给她学费，一定。我还说，我永远不会忘记她姐姐，请她相信我。

我几乎像是潜逃，没给村里任何人告别，也没顾上香米样品——其实我要香米或者鸦片干什么？似乎本不是为这个来的。整个村寨莫名其妙地使我窒息，使我惊乱，使我似梦似醒,我必须逃走,一刻也不能耽误。走到山头上,我回头看了看,又见村口那棵死于雷电的老树,伸展的枯枝,像痉挛的手指,要在空中抓住什么。毫无疑问,手的主人在多年前倒下,变成了山脉,但它还在挣扎,永远地举起一只手,

进了县城的旅社,我做了个梦,梦见我还在皱巴巴的山路上走着,看土路被洪水冲洗毁得很厉害,如同剜去了皮肉,留下筋骨和脏器,来承受一代代山民们的草鞋。不知为什么,这条路总是在延伸,似乎总也走不到头。我看看手腕上的日历表,已经走了一小时,一天,两天,三天……可脚下还是黄土路,长得令人绝望。

我惊醒过来,喝了三次水,撒了两次尿,最后向朋友挂了个长途电话。我本想问问他在牌桌上的战绩,一出口却成了打听卫生学校招生的事。

朋友称我为"黄治先"。

"什么?"

"什么什么?"

"你叫我什么?"

"你不是黄治先吗?"

"你是叫我黄治先吗?"

"我不是叫你黄治先吗?"

我愕然,脑子里空空荡荡。是的,我眼下在县城一家小旅社里。过道里有一盏蚊虫扑绕的昏灯,有一排临时加床和疲倦的旅客们。就在我话筒之下,还有个呼呼打鼾的胖大脑袋。可是——这世界上还有个叫黄治先的人?而这个黄治先就是我?

我累了,妈妈!

1985年1月

* 最初发表于1985年《上海文学》杂志,后收入小说集《诱惑》等,被译成英文、法文、意文、荷文、韩文、希伯来文、塞尔维亚文等,获1985年上海文学奖。

领袖之死

听说领袖真的那样了,长科一直害怕和悲痛。他是去屠坊砍肉时听到这个消息的,当即就悲痛得说什么也不能砍肉,说什么也不打算接裁缝来家做衣了。当然,他悲痛的资格有点儿可疑,因为他老爹没有参加过红军或农会,婶子或嫂子也没被日本鬼子糟蹋——人们在忆苦会上常说这样的故事。更要紧的是,他小时候居然去街上读过洋学校,吃红米干饭,鞋子裤子穿得整整齐齐;后来在县城当教师那阵子,去食堂偷过一碗肉,被灰溜溜地开除回乡……他不敢回想这些历史污点,越想越觉得自己对不起领袖,如今凭什么也可以苦着一张脸盯着地上发呆?

他怕被别人看见,也怕不被别人看见——

他心里没鬼的话就不必躲藏。他暗暗羡慕女人们。女人们眼窝子浅，能哭。上屋的本善家有位媳妇，死一只鸡崽也可以哭湿两只衣袖。远近四乡无论哪家有了丧事，都会备好红包请她出马，陪主家哭丧。若没有她那气长韵足跌宕有致的说哭就哭，仪礼不成体统，主家还存何脸面？不过她不识字，心里不明亮，有时也哭乱套，把东家哭成西家，把孙子哭成儿子。上次开大会声讨某地主据说是畏罪自杀，她没听清死的是什么人，解开怀襟找着什么，一把鼻涕一把泪就抹起来。大队党支部书记明希听着听着生了疑色，最后给这蠢婆子一耳光。

村里无人唱戏唱歌了，都戚戚然，互相留意，蹑手蹑脚，不知五官该如何表现似的。有个娃崽见别人踩了他的屎，拍手大笑，立刻被大人们惊恐地扑上去捂嘴巴，打屁股。直到国葬日后才可以笑，这是明希爹的宣告。长科便暗暗数日子，小心度着时光，特别怕蚂蚁爬到颈窝子里去，弄不好，忍不住痒,就笑了,就反动了。

他注意很多乡亲确实比他悲痛得多,自己怎么挤眉头,耸鼻头,干干的眼睛眨巴眨巴,还是没排出水来;倒是急出一身汗,被风一吹,外感风寒。他当然没敢去见郎中,领袖都那样了,他怎么可以小病小疾去找郎中和抓药?他努力悲痛,必须悲痛,非悲痛不可,于是慢腾腾地迈步,沉缓缓地说话,挑着粪桶去地上泼菜的时候还拉长着脸,似乎已被悲痛压得透不过气来。想想吧,满园猪菜都是他哀思所在,每一声鸟啼都令他寸断悲肠。伟人仙逝,日月无光,他真是没勇气活下去了,真是没勇气把粪水泼下去啦。

他算是村里的知识分子,喝墨水最多的文豪,经常为庆祝会一类写写标语。明希来找他去扎灵堂和写挽联。

他悲痛得还没转过弯来,低低地"哎"了一声,声音小得几乎听不见。

"你听见没有?"明希爹耳朵背。

"哎,"他慌慌惊醒,"写什么呢?"

"该写什么就写什么，归你去想。"

"是在老地方开庆祝会？"

话没说完，他已魂飞魄散。娘哎娘，他怎么舌头一溜把"追悼会"说成"庆祝——"？在那一瞬间，他已经意识到应该改口，但舌头竟僵硬如脚，转不过弯来，硬是把反动话顺溜溜踹出去了。

"错了错了，我是说开庆祝会，不是开追悼会……"他急忙更正，一边更正一边更为大惊失色，他不仍然说错了吗？他一心狠狠地咬住舌头，但嘴舌完全不听使唤，罪恶滔天地急忙忙直奔最后一个字——"会"。一片静默。他的话说完了。

他两眼一黑。

"你说什么？"明希皱起眉头，深深地盯了他一眼。

他注意到明希注意了他，注意到对方注意了他的注意，注意到对方注意了他注意到对方的注意。他还注意到不远处有两位妇女在塘边捣衣，她们虽没朝这边看，但完全可以听到他说话的。

"喂,有洋火没有?"明希借火抽燃了纸烟,走了,背上的步枪摇来晃去。

自从领袖逝世之后,他一直保持这种备战姿态,对天上偶尔飞过的飞机也很警惕,看会不会丢下第三次世界大战的炸弹。那锈迹斑斑的三八大盖虽然根本没有子弹,但显然是对一切伪作悲痛者的严正警告。

整整一天下来,长科提心吊胆。村头的狗一叫,他就以为是县公安局来捕他了,后来才发现是个荒货贩子进了村。晒谷坪里有人搓草绳,他以为那是准备用来捆他的,看到后来,才知道他们用草绳去绚牛。咣——身后地塌天崩的一声巨响,他吓得差点儿尿了裤子。接下去没什么动静,他怯怯地回头探看,原来身后没有明希的枪口,没有怒目逼人的革命群众,只有一只猪崽勤奋地拱吃着泥土。一杆锄头大概是被猪拱倒了,砸得面糊盆翻了个底朝天。这一刻,浑身的血呼呼呼地直往他脑门里灌,灌得他头大颈粗,怒不可遏，抄着剪刀朝猪崽猛扎。猪崽愣愣地瞪了他一眼，任屁股上鼓出一串血水泡，不怕死的样子，发出一声尖嚎，居然迎着危险上，湿乎乎的嘴巴撞偏了他的脸，小爪子在他肩上踩踏过去。他更火了，从桌下钻过去，但未能揪住猪尾。他一直追到屋外的水塘边，才在猪腿上再扎了一剪刀。结果可想而知，猪崽的主人与他大吵一架，双方都咒了最狠毒的话，最下流的话，无非是关于祖宗的，或关于祖宗的祖宗等十分遥远的人。众人不免有些奇怪，觉得长科今天的凶狠十分少见。

明希到上头开会去了，没看见这一幕。

明希回村时，眼睛红红的，嗓子也嘶哑了，显然在公社又哭过一场，这使长科再次惭愧和恐惧。明希在窑棚子前召集群众大会，宣布新消息。还好，他暂时还没揭发长科的反动言语，也没说世界大战打到了边境。只是说，因为领袖闹革命时到过这个村子，所以国葬那天，大家都要来吊香，上头还要派人来照电视——长科知道"吊香"一词用得不妥,"照电视"应该是"拍电视",但他根本不敢去纠正。

明希又说,乡亲们到了那天要好好地哭,哭出感情来。本善家的婆娘哭得最好,可惜肚子大了,照到电视里丑人,不要她。那么常兰家的,德虎家的,三桂家的,都要做点儿准备。这些人都是赤贫出身,在伪政府时期没穿过棉裤,不晓得票子是圆的还是方的。她们有得哭的。

长科盯着书记身边黑洞洞的枪口,心跳渐猛,等待明希下一句就点到他。

"完了。"明希看也没看他一眼,宣布散会,"你们莫带走了砖!"他知道有些人常把垫坐的窑砖偷偷带回家去。

这有点儿奇怪。明希是等长科写完了挽联再收拾他,还是当时没有听清他的失言?

"要你莫拿砖!"明希朝他大喝一声。长科低头看,自己手里确实有一口砖。娘哎娘,他从不敢偷集体的一根草。只是现在他越不想干什么，就越会干什么，脑子里完全装着臭大粪了。他忙不迭把砖送回原处，定定神，眨眨眼，发现自己两手已空，确实已把砖块放回原处了，才稳稳地离开。

村子里的人都矮小，唯长科个头高，做衣费布不说，往人群中一戳，总要出人头地，高出别人一头，颈根凉飕飕地迎八面来风，有莫名的危险感。他知道，到了追悼会那天，他怎么弓着背勾着头也没用，别人不可能看不见他的。倘若到了那关键的关键时刻，可恶的眼窝子里仍挤不出泪他怎么办？他还想不想活？电视可不是好玩的，那是用电的，没有什么东西斗得过电。即便明希爹眼花看不清他，县里的公安局会不会来查他一番？喂喂，人人都哭了，你这家伙为什么不哭？莫不是心里有鬼？你老婆难产的时候你哭过没有？哭过。你侄儿放排淹死在河里的时候你哭过没有？也哭过。哦哦，这就很清楚了嘛。

长科发现自己确实反动。

想到这一点,他的口舌突然干了,一种猛烈的干燥似乎从脚底升上来,迅速蔓延到全身,蒸发了他所有的血液,灼干了他的五脏六腑乃至眼睛。他眼球痛,眨眼时被眼皮枯枯地摩擦,好像发出了喳喳的声音。他感到喉管干得已经裂缝纵横,空气在裂缝中飕飕地流泻。这种可怕的干燥感他以前只经历过一次,就是当年听到开除公职通知的时候。他完了,他相信自己到时候还是哭不出来的,何况明希不可能没听见他的失言,两位捣衣的妇女也不可能没听见他的失言,他的罪证充分。

当然,他活过了这些年,也不算短命,前世没积德,完了也就当死条狗。既然哭不出来就该去坐牢或吃枪子,只是可怜他老婆和一堆娃崽。最小的刚断奶,也长着同他一样的长鼻子,经常东张西望,咿呀学语。当爹的一狠心撒手而去,这娃崽……长科就是带着这一些心思来到了追悼会场,看着前面他老婆弯弯的背脊,还有后颈上一颗熟悉的黑痣。老婆背笼里的嫩崽认出了父亲,在背笼里跳跃。

太阳很烈,人的头顶和肩都被烤得发烧,牛蝇也在烈日下惶惶乱飞。长科刚才离家之前已把水缸挑满了水,已把柴弯里的烧柴备足,从邻家借的灯油和红薯丝也一一还清。该了结的都已了结。他现在又赶走儿子头上一只牛蝇,想象这是最后一次为儿子驱赶牛蝇,想象这是最后一次触摸儿子的皮肤,忍不住心里一酸。但儿子似乎很喜欢牛蝇,咬着指头,张开嘴巴,流下长长一注涎水,冲着父亲笑了。

鞭炮乘人不备地爆响,恶狠狠,怒冲冲,不由人分说,炸得人们的骨架都松散,炸得人们都感到自己虚虚的轻了许多。老槐树上的乌鸦突然惊飞,扑啦啦的黑影子砸在人们头上和背上。家犬也一齐狂吠,吠得每一片树叶都在颤抖。长科的小儿子当然受惊,立刻哭歪了一张脸。长科忍不住把他抱出背笼,紧紧抱在怀里。这是最后的时刻吧?这是儿子无法记忆的告别吧?当父子俩肌骨相亲气息相融合为一体命运与共的时候,一泓热热的东西在长科眼里夺眶而出。

　　他是追悼会上第一个哭出来的成年人,这是很重要的事态,也是电视记者发现的第一个目标。乡下人不大了解电视,因此这一天两个电视记者来到村里,扛来一些奇怪的机器,曾给乡民们增添了莫名的紧张。据说鸡躲进了墒,狗蹿到岭上不敢下来,某位后生硬是没能把八十斤谷子起肩上路。就拿追悼会来说吧,刚才玉槐老倌去燃放鞭炮,划断了十几根火柴也没划燃,最后还是明希用打火机帮助了他。更让人火急的是,面对着摄像机的镜头,不仅本善家的吓得没敢哭,其他几位计划中的主要悲痛者也乱了套,一进会场也好像贼一般,你看我,我看你,惊惶失措,在镜头面前一个个贼眉贼眼,没挤出半点儿眼泪,只能让记者大为失望。镜头不是枪口,你们怕什么怕呢?记者这样解释。但人们还是在枪口前纷纷躲闪或者后缩。这种枪口用来驱逐好奇的娃崽们倒是很灵。他们乱糟糟地挤乱了队形。大人们的呵斥没有用,明希的铜哨和步枪也没用,实在没办法了,明希就请记者扛上摄像机扫荡一轮,并没开枪开炮,娃崽们就如鸟兽散,逃得远远的。

明希今天也大为沮丧。他率领全家,一人顶着一个麻袋来了。听公社干部说,新社会不兴披麻戴孝,他才怏怏地把麻袋摘下来垫座。这位老书记参加过红军,行军时掉了队,又碰上岔路鬼,才没去参加长征(也有人说他是逃兵)。但他曾经到县城开过会,到省城探过亲,是见过大世面的,因此一直要乡亲们休得紧张,照电视嘛,同照镜子差不多,同医院里照片子差不多,绝不会伤皮肉,也摄不走魂魄,没什么了不起。当年我们跟着领袖闹革命,连德国和美国的大炮都不怕,哼,难道现在还怕照一照电视吗?但他无论怎样说,几个妇女的眼里还是没有泪水,连常兰家的婆娘也一脸呆肉,肉纹跳了几跳,还是没有多大希望。

"怎么搞的?"公社干部很不满意,在明希耳边嘀咕。

"对不起,对不起,这些婆娘昨天还哭得好好的,今天是鬼打懵了……"明希觉得自己正蒙受谎报和做假的嫌疑,急出一头老汗。

在浓浓的硫磺味中,他决定继续启发一下大家的感情,先朝领袖遗像三鞠躬,屁股上两块黄泥印子再一次高高撅起。接下来他清清嗓子,大谈领袖对广大贫下中农的恩德。"同志们,同志们呵,我们伟大的领袖过世了,我们哪个不心痛?大家今天都来吊香,打鞭子,搞得乌烟瘴气,嗯啦,乌烟瘴气……"

身旁的记者怔了一下,拉拉他的衣袖:"怎么能说乌烟瘴气?这个词是要不得的。"

明希眨眨眼:"这么好的词也用不得?"

"你疯呵?"

明希只听说过,对领袖的画像和著作不能言"买"只能说"请",倒没听说过乌烟瘴气这个词有什么不好。

他暂时压下满腹狐疑继续演讲,从红军当年打土豪分田地,一直讲到抗美援朝和抗美援越,再讲到最近的晚稻积肥和种秋红薯,历数穷苦人民眼下享受的幸福。"就说我一家吧,如今不就是过地主日子吗?"(记者又皱眉了。)"天天吃白米饭不说,光大柜就有两只,雕花床也有两台,椅子呢,十六把,还有缝纫机一部,打火机两部,吾一部,吾庆强一部!"(记者再次皱眉。)他环视四周,看谁还不慑服于他和他儿子的打火机,"政治地位也大大提高了嘛。不光是我当书记,我家庆强和媳妇都是国家干部,我家满女是——沙老太婆。"他是指女儿参加业余剧团,光荣扮演《沙家浜》中的婆旦主角。当然,他得总结得周全,不漏掉最后一名家庭成员:"我婆娘是——"他顿了顿,找出了一个既体面又基本上不违事实的新社会用语,"妇女,嗯啦,妇女。"

有人忍不住笑,记者和公社干部更是哭

笑不得。

"谁敢笑!"明希瞪大眼,想找出破坏追悼会的奸细。但他眼有点儿花,找来找去还是一张张肃穆无比的黄面孔,没有可供他发火的目标。但事情到了这一步,气氛显然已被破坏。不论明希如何耐心启发,无论他搬出多少铁的事实,也难启发出乡民们的悲痛。明希也自觉讲乱了些,忍不住暗暗怨恨刚才公社干部不让他顶麻袋。就是那一横炮,打乱了他的心思呵。其实披麻戴孝有什么不妥?他朝讲台上的牛蝇狠狠瞪了一眼。

会场上隐隐有些骚动,似乎发生了什么。明希随着旁人的目光看去,看见了高出众人一头的长科,一张哭歪了的脸。

明希心里一软,颇有几分感动。

哭声是有传染性的。长科一溅泪,他的婆娘和娃崽也跟着哀哀,旁边几位妇女更是跟着掩面而悲,很快就带动周围一片小小的哭潮,连明希的泪水也被牵引出来。记者喜出望外和手忙脚乱自不用说,明希爹也如释重负,终于开始激动地号啕,竟完全忘了追悼会的程序,大声说:"长科同志,你来讲讲,你到台上来讲!"又向众人宣布:"长科是老实人,好人呵。他大伯卖豆腐从来是足斤足两的,他婆娘在队上出工从来没走过后面。"他这一刻想起了长科家族的种种好处。

  长科被推着拉着上了讲台。刚才不知是哪些人握过他的手,不知是哪些人拍过他的肩,反正一片温情搞得他鼻子更酸。他哭了,真正地哭了。他现在才最终相信了这一点,真是天不亡我,绝处逢生呵。他不光是暗自惊喜和庆幸,而且真该大大地悲哭一场。不是吗?明希刚才称他为"同志"。这就是说,书记不认为他是坏人。就是说,书记不计较他的失言或者不曾听清他的失言。这也就是说,他以后不会下大牢而且可以安安稳稳地吃饭睡觉喂猪种菜看报纸。所有这一切,都在来不及思索的瞬间已经发生,已经在那里了。他第一次被这么多人仰视,被这么多人握手和拍肩,如何能让他不哭?

我们必须说明,长科是完全够格被这么多人握手和拍肩的。他一直忠于伟大领袖,忠于祖国和人民。作为村里的民办教师,他遵照领袖的教导为人民服务,几乎每天翻两个大岭,分别去三个村子给娃崽们上课,包括解开娃崽们打成死结的裤带以便他们排泄,包括给娃崽们洗脸、洗手、洗屁股以及在头发里捉虱子。有一个夜里大风大雨,马灯没油了,熄灭了,他险些滑下山崖粉身碎骨,在墨墨黑的茅草丛里东摸西摸,直到天亮时分才泥水淋淋回了家。他向谁诉过苦没有呢?他看见好些娃崽没钱买课本,就带他们去砍柴换钱。有一次碰上马蜂窝,他让娃崽们先跑,自己被黑压压的蜂子蜇得天旋地转,两天两夜没沾米水,脑袋一直充血,红肿如脸盆,吓得全村的娃崽都躲开他。他向谁诉过苦没有呢?他不但不曾邀功请赏,恰恰相反,就因为他年少无知时偷过食堂的一碗肉,他受到的打击和委屈难道不是罄竹难书?……他终于迸出一个男人怎么也压抑不住的尖锐长嚎,让尖声直钻人们的鼻窦,剜人们的后脑。会议气氛由此而推向了最高潮。

记得他还哀哀地说了一些话,呼唤领袖不要走,请求领袖给他做主,原本打算秋后带上盘缠去北京看望伟大领袖等等。

这天的追悼会很成功,很动人。与会者都哭得东倒西歪,连电视记者也抹眼泪揪鼻涕,好几次看不清镜头画面,工作颇受影响。其中一位追悼者还中暑晕倒,由旁人脱光他的上衣,在他背上一把把拔痧,揪出一条条紫黑色的痧痕。乡民们也心灵净化,和顺多了,正直多了,看拔痧的时候谁也不拥挤,谁都很谦让和客气。去给田里下牛栏粪,人们都拣大箢箕上肩,一改平时那种偷奸取巧的恶习。他们一边下粪一边咒骂日本鬼子之类的敌人,咒他们的祖宗。他们继续追怀领袖,痛惜红军当年在这个村子里只吃了红薯,没吃到肉,实在让人过意不去。关于领袖当年在这里是否拔过痧,是骑一匹白马还是骑一匹黑马,他们还争论了很久。

长科觉得周围突然笑脸增多,别人对他多少有些异样。拆台子的时候,各家把自己的门板扛回去,他扛不动,立刻有人来帮他一手。他的斗笠不见了,玉槐老倌立刻帮他寻找,发现自己的娃崽已把斗笠坐瘪,立刻在娃崽头上锄了两丁公,锄得孩子捂头半晌才哭出声来。其实玉槐老倌完全不必这样仗义,只要平时不拖欠娃崽的学费,不来偷长科园子里的辣椒丝瓜,长科已经心满意足。他受宠若惊地对玉槐老倌连连欠身。

不知何时,水塘边已经在传播流言。说是长科照电视照得最多,一照就照到省台和中央台,让各级领导非常满意,可能要重新当国家干部了。当然,当干部就要当粮油站长,那才是好差事,妇女们捣衣时都这样认为。长科嘿嘿直摇手,说诳讲,诳讲,哪有这回事?他哪有什么官相?他只是应邀去县里开过一次会,座谈领袖光辉业绩和学习领袖著作的体会,如此而已。

当然,他心里明镜儿似的。自从他在电

视镜头前成功一哭,事情已经发生了很大变化。他渐渐成了一个重要的人物,去县里参加过好几个会,同更多首长握过手。因为参加的会多了,发言的经验多了,他现在讲得越来越丰富,悲痛也越来越出色。比方说,像明希爹一样,他也是从旧社会说起,历数革命人民吃过的苦头(具体是谁吃过什么苦,稍稍说得有点儿含糊)。发言重点当然是介绍自己对领袖的忠诚,比如被蜂子蜇得脸肿大如盆,三天三夜没沾米水一类(近来开始把两天两夜记忆成三天三夜)。但他革命信念动摇了没有呢?没有。他是否计较个人安危和个人得失呢?也没有。(他开始采用了这种启发学生们的设问自答方式)。每天深夜,他还在油灯下坚持学习伟大领袖著作。每逢风雨,他还在翻山越岭去给孩子们上课,为此他已经瘦了身体,患上了胃溃疡和水肿病……说到这里,他总是两手冰凉,喉头哽塞,差一点儿说不下去。

　　他自己也知道,不必这么激动,不应这

么激动,太激动就会影响发言效果,就会引来会议主持者倒开水递毛巾什么的,让人不好意思。但他完全没有办法,自那次国葬以后他不知为什么比本善家的还容易抛眼泪,一提起领袖,一听到国歌,他就情不自禁地眼红鼻酸,完全没法管住自己,没法平息胸中奔涌澎湃的悲壮。他总是望着天,任浑浊泪水在眼窝里旋动和蓄聚。他嘴唇嚅动和咬合,尽力忍着,忍着,忍着。

台下自然是鸦雀无声,随之而来便有突然爆发的口号声:向魏长科同志学习!向魏长科同志致敬!……

一排排声浪扑打过来。

口号只能使他哭得更加厉害,让会议主持者更多地来加开水或递毛巾。

长科从此成了大忙人,经常外出,自家的菜园子渐荒。他经常去明希家领取会议通知,甚至身份不明地列席过一两次干部会。他以前很少有机会来明希家,连走过门前也膝头有点儿发软。他现在才知道这道门槛里其实很平常嘛。他知道明希的床上蚊帐又黑又破,知道他家梁上有破禾桶和燕子窝,知道他家的猪总不上膘而且互相打架闹槽,知道他家冲豆子芝麻姜盐茶的瓦罐已经缺了个口。他对这个曾经神秘的世界渐渐不以为然。明希递水烟筒给他,请他坐。坐,他当然坐,他热爱领袖当然想坐就坐。

明希嫌凉水没有味,令女儿赶快烧吊壶炒豆子以及磨姜。借这个机会,长科发现明希耳背处有一点燕子粪,便说你老人家今天没洗脸吗,怎么耳朵上有内容?他居然伸过手去,把书记光光的脑袋抹了两下。他现在根本不反动因此想抹别人的脑袋就抹别人的脑袋,没有什么可怕的。

他放肆地打了个喷嚏,余音袅袅。

好些年过去,明希死了。本来可以抬他去住医院的,但他最不能忍受那些没出嫁的红花姑娘让他脱裤子打针,便坚决不去,便死在家里。咽气前他抓住长科的手,紧紧盯住长科的眼睛,像有什么话要说。"你呵……"一口痰堵住喉头,终于没说出来。

他要说什么?成了永远的谜。长科暗自琢磨了很久,因琢磨不出来,自己的头发很快就白多了。

1993年10月

* 最初发表于1993年《花城》杂志及1993年台湾《联合文学》杂志,后收入小说集《北门口预言》,已译成法文。

怒目金刚

老邱会砌墙,一把砌刀敲得当当响,只要砖块和灰浆供得上,两三个呼呼喘气的砌匠也赶不上他。他又会打猎,一枪放倒野猪,用不着其他人补枪,大家只管前去挂绳子抬肉就是。他还身高体壮,见几个后生抬一根水泥电杆上山,别别扭扭,累得嘴斜鼻子歪,便一声冷笑:"啰唆,啰唆,这么多筷子如何夹肉呢?"他扬扬手让后生们后退,自己紧了紧腰带,大吼一声,三百多斤的电杆就上了肩,稳稳地腾空而去,吓得后生们无不倒吸冷气,再也不敢要求加工钱。

正因为身手不凡,加上全乡在他的治下粮食增产,他这两年臭脾气见长,帽子从没戴正过,衣襟从没扣好过,眼睛珠子总是朝天上翻。"你小子""我老子""他妈的""老子崩了你"一类行伍京骂,动不动就遍地开花,大戳乡亲们的耳朵。但大家拿这位活阎王能怎么办?他说太阳从西边出来,你就不敢说从东边出来。他说一天有二十五个钟头,你就不敢少说一个钟头。人们忍气吞声,任他一张臭嘴到处吆三喝四骂东骂西,任他四方步、八字步、蛤蟆步或螃蟹步呼呼地带风,走到哪里都排山倒海。用本地人的话来说:他要进你家的门,你得赶紧砸门框。他要是在你家坐,你得赶紧往椅子下支砖。

这些话的意思,是指这位书记霸气太大,门框都容不下;也太重,椅子也顶不住。全乡的门框和椅子都遭了殃。

这一天,活该吴家村的玉和倒霉了。刚过大年初五,老邱召集村干部们学习。这正是大抓马克思主义哲学下农村的时代,物质、精神、内因、外因、质变、量变、辩证法、形而上学……这一类小册子上的古怪名词折腾得大家冒虚汗、翻白眼以及舌头抽筋。但哲学是明白学、鼓劲学、斗争学、粮食增产学和肉猪长膘学,哪个敢不捧着小册子出汗?哪个敢逃脱这种哲学大刑?

玉和来迟了,拍拍身上的雪花,笼着袖子往墙角里蛇行鼠窜。

"嘿!站住!"书记铁青着脸,"你小子怎么又迟到?"

"我……刚才看见对面山上牛吃菜……"

"哄鬼呵?今天是牛吃菜,明天是鸡吃谷,每次迟到都有理。妈那个×,我看你小子就是目无领导对抗学习!"

"确实是断了牛绳,真的,不信你自己去看看,西坡的油菜秧子少了好大一片。我要是说假话,就把舌头割在这里。"

"油菜重要还是哲学重要?你就不能叫别的人去赶牛?你猪娘养的呵?不会动动脑子呵?要是在战场上,迟到半分钟也不行。妈那个×,贻误战机,军法从事,老子一枪崩了你!"

书记今天火气特别大，主要是发现下属的学习一塌糊涂，不是把"黑格尔"记成了"黑木耳"，就是把"辩证法"记成了"变戏法"，甚至把"巴黎公社"理解成"篱笆公社"，将来遇到上级派人来检查，肯定烂他的场子和大丢他的脸面嘛。他已经拍了三次桌子，疯狗一样逮谁骂谁。据玉和后来清算，那骂娘骂爷的粪团子至少砸下了一筐。

说起来，玉和虽是尖嘴猴腮苦瓜脸，但在同姓宗亲中辈分居高，被好几位白发老人前一个"叔"后一个"伯"地叫着，一直享受着破格的尊荣。因为读过两三年私塾，他能够办文书，写对联，唱丧歌，算是知书识礼之士，有时候还被尊为"吴先生"，吃酒席总是入上座，祭先人总是跪前排，遇到左邻右舍有事便得出头拿个主意。想一想吧，这样的堂堂君子为何今天成了茅厕板子说踩就踩？成了床下夜壶说尿就尿？不就是迟到吗？不就是赶了一回牛并且在水沟里摔了一跤吗？他姓邱的凭什么狼心狗肺当众打脸？

玉和抹了把脸，端坐着一声不吭，只是休会时在门口拦住了书记，说你慢点儿走，我有事要说。

书记斜瞅了他一眼，说你迟到这么久，还有什么屁事？说完向另一个人交代运化肥和挖塘泥的任务，发出哈哈大笑。几个人额对额地借火点烟，亲热出抹脑袋和捅腰身一类动作。

玉和嘟哝一句：我要辞职。

"你说什么？"

"我要辞职！"玉和只得高声。

对方这才扫来胡乱的一瞥："想叫板？你今天迟到，我骂你有什么不对吗？"

"骂得对，都对。"

"那你还有什么好说？"

"你骂我对，骂我娘不对。我娘没有要我迟到，还特别怕我迟到，今天一黑早就起床给我煮饭，三番五次催我出门，说山上有雪不好走。你如何左一句'猪娘养的'右一句'妈的×'？这事与我娘到底有什么关系?你同我说清楚。"

邱书记一怔,翻了个白眼:"我这是……这是……教训你。"

"你明明是骂我娘,哪是教训我?这大家都听到了,人人可以做证。"

书记左看一眼,右看一眼,说不出话来,最后憋出了一个大红脸,呼啦啦甩下烟头拂袖而去。

副书记见玉和跟上去纠缠,只好插上来紧急救驾。"玉和同志,你辞什么职?给人剃了半个脑袋就丢下不管?有话好好说,好好说。你看事情是这样的。今天你来迟了,与你娘确实没关系。书记也不是要骂你的娘,只是他当过几年兵,习惯了行伍里骂人的一些口白。你不能太认真呵。"

"怪事,对娘不认真,他姓邱的是树上结的?是土里长的?是螺蛳壳里蹦出来的?莫非只有他的娘金贵,别人的娘就是狗屎?"

"你消消气,骂娘确实,确实这个嘛……"

"今天才初六,照规矩元宵节之前都是过年,得讲个喜庆和睦。他这个时候当着上下百多号人来指着鼻子骂娘,是不是欺人太甚?"

"人家老邱可能根本没掐这个日子……"

"我比他整整大一轮,多吃了十二年的饭,他也没掐一掐?出门要尊贤,入门要敬长,他连这个道理也不懂?"

"这样吧,你抽烟,你抽烟,我把你的意见转告他……"

"你告诉他:去年他来我们队蹲点,我娘为他煮过饭,烧过茶,洗过衣,做过鞋垫,亏了他吗?他不记恩也就算了,为何一转脸恩将仇报?我娘快七十的人了,一辈子没做过恶事,连蚂蚁都不踩,连蚊子都不打,脑壳痛了十年,腿痛了二十年,眼下只剩下几粒牙齿喝稀饭……"

玉和不愧是吴先生,一较真果然有板有眼,条理分明,证据确凿,情理并茂,大义凛然,气壮山河,铁齿铜牙足以逼得对手一截截出屎。副书记知道今天遇到大麻烦了,再递烟也无济于事,再拍肩再赔笑也阵脚难守。眼看着幸灾乐祸挤眉弄眼的闲人越聚越多,他只好适度背叛一下。"老邱怎么搞的?确实不该这样说嘛。这样吧,我给你道歉行不行?我代他向你道歉行不行?杀人也不过头点地,我们认错了,不行吗?"

"你不用道歉,这不关你的事。冤有头债有主,我只找他,要他到我家去坐一下,同我娘说清楚,就可以了。"

"好好好,会去的,你放心,肯定要去的。"

下午开会,邱书记成了霜打的秋茅,不时用袖口在额头抹汗,嘴里干净了许多,在造林一类问题上还无端称赞了吴玉和几次,散会时又主动前来招呼,说天在下雨,玉和同志你要不要借把伞?

玉和戴上自己的斗笠扬长而去。

"雨太太太大了吧?……"书记的结巴和巴结都留在远处。

几天过去了,玉和一心一意等着,等

着老邱上门来的那一刻。其实他嘴硬心软,没准备下毒手和动大刑,甚至不打算说重话。他平日里对待牛马猪羊都和颜悦色从无恶语,如何会为难一个人?一个长官?他只要对方来坐一坐而已。坐一坐就是坐一坐嘛,喝杯茶,抽根烟,天南地北说几句,事情点到而止就行。玉和还准备了酒肉,说不定到时候还要贴上一顿呢。老邱最爱吃的小腌笋,他一直小心地留着。他知道老邱的行伍脾气,知道人非圣贤孰能无过。问题的严重性在于,那家伙不该在不当的时间、不当的场合,以不当的方式、向不当的对象撒泼发癫,这一背天理,二败习俗,岂能听之任之?士可杀不可侮也。树活一张皮人活一口气也。老话就是这么说的。

门外总算有了脚踏车的铃声,玉和清清嗓子出门迎候,发现来人不是老邱,是一个走门串户的蛇贩子。

屋前的老黄狗大吠,玉和拍拍身上的灰屑钻出厨房,发现来人仍然不是老邱,是一个挑着空箩筐的亲戚,大概是来借粮。

不是说了他会来的吗?

玉和等得心里越来越虚,直到家里的小腌笋霉得只能沤肥了,还不见姓邱的影子和声气。后来听人说,邱天保来什么来?这家伙刚接到调令,脚板下抹了油,已经去其他地方上任,你八人大轿也接他不来了。吴玉和顿时两眼发直,全身抽搐,像重重挨了一枪,胸口有撕裂的剧痛,差一点儿口喷万丈鲜血然后直挺挺地倒下去一命呜呼。天呵天,那家伙肇事逃逸,欠债不还,杀人不偿命,拉完臭屎屁股一撅就溜了?他吴玉和老娘头上的这一泡臭屎只能没完没了地顶下去?

他大病了一场,额头上贴膏药,在床上躺了半个月,整个人瘦下来一圈,不再兴冲冲地办文书、写对联、唱丧歌,也不再吹嘘祖上那些翰林、都督、御医的故事。他不知乡亲们会如何议论此事,甚至不敢出门见人,但相信自己已斯文扫地可笑如猴,他婆娘就是猴子的婆娘,他儿子就是猴子的儿子，他孙子将来就是猴子的孙子。一只飞鸟此时刚好把两滴稀粪拉在他的茶碗里，更让他看到了形势的严重。他拿定主意，忙去打听邱某人的去向，然后给所有去那个地方的人捎口信，拜托各位开车的司机、走娘家的女人、卖竹席的小贩、补锅或者修伞的师傅，去找到那个王八蛋，就说这里有个姓吴名玉和的人在等他，要找他，永远跟着他。他得听好了：躲得了初一但躲不过十五，他就是躲进了蛇洞，吴玉和也要挖洞灌水凿洞灌烟；他就是逃到了台湾，中国人民也一定要解放台湾！

不知这些口信捎到了没有。到最后，他气呼呼把儿子叫到面前，说养兵千日用兵一时，你给我带上一双草鞋和两斤米，明天就到河口乡去。记住：你到了那里，找到那个姓邱的货，一不要讲理，二不要打架，三不能毁坏东西，只是咒他邱天保不得好死。记住：你要咒九九八十一遍，嗯啦，八十一遍。你回来以后，老子付你口水费，让你吃三天肉！

儿子一听说吃肉，乐得摩拳擦掌，"要

不要咒他绝代根?"这是一种村里人最恶毒的命运预告。

"不可,他娃娃与此事无关。你不能乱来。"

"要不要咒他癞头猪在粪坑里肏的?"这是一种乡下的下流描绘。

"不可,他爹娘与此事无关。你也不能乱来。"

"要不要往他窗户里砸牛屎?"

"不可,不可。你砸了牛屎还不是他婆娘来清洗?他婆娘又没骂我,不关她的事。你休得连累无辜。"

儿子把老爹交代的政策和纪律记住了,顶着一个草帽,提一根打狗棍,斗志昂扬上路而去。不料他这一次毫无战果,原因是他寻到河口时,姓邱的不在那里,据说他不久前违法犯罪,闯下大祸,一头栽进了公安局。

玉和先是一惊:公安局?他姓邱的能犯什么罪?接着是一喜:老天总算开了眼呵?走多了夜路要碰鬼呵?这个贼坏子也有栽跟

头的时候？再下来却有点儿左右为难：因为他听人说，天保那家伙吃官司，一不是拿错了钱，二不是上错了床，三不是反党反社会主义，不过是擅自下令砍了公路两旁的行道树。事情的起因，是河口遭受水灾，上面迟迟拨不下救灾款。眼看着几百灾民没房住，他一冒火，"妈那个×"，就带人去给干线公路猖狂地操刀剃头，把护路的樟树、杉树、梓树统统砍了然后分给灾民盖房子——这种毁林毁路之罪，在抗美援越的特殊时期尤其罪不可赦。

但不破坏又怎么办？不擅自不猖狂又如何？吴玉和大张着嘴，有点儿想不通：那些树反正没运出国，不都是给中国人享用了？又没烧成灰，没化成水，不也是派上了正当用场？这算什么违法犯罪呢？未必有了"黑木耳""变戏法"，有了"篱笆公社"的革命哲学，灾民就可以不住房子了？或者房子就可以用纸片来糊？……邱天保居然为此获刑两年，丢了饭碗，一栽到底，实在匪夷所思。玉和由此想到小人暗算、权奸作乱、昏君恶法、国运不兴一类大事,想着想着就把私仇一段暂时放下。这一天,去县城卖猪鬃和拉酒糟,他还忍不住去看一眼邱犯天保,想送上一碗牢饭。

在送完牢饭以后再啐他一口,这样做可能比较合适。

后来他知道,天保没蹲看守所,算是刑期监外执行。那家伙在县城也没住房,只是眼下靠老婆当临时工养家,就在城郊租了一间库房,方便老婆去大米厂上班。这样,玉和顶着烈日打听了好几个地方,最后在大米厂围墙外找到一排库房,找到了邱家一张歪门。库房是以前用来囤放石灰和水泥的,已经破旧,还阴湿,还窄狭,墙壁不过是篱笆上糊了些黄泥,炉灶不过是墙角里几口砖上架一口锅。有一张木椅因为少了一条腿,只能斜斜地靠着墙。一线蚂蚁从墙上爬到了椅子上,聚叮着几颗剩饭。

往日的大书记眼下又黑又瘦,胡子又乱又长,在黑暗中瞅了好半天才认出来人。但他没法站起来——右腿据说是不久前在一次批斗会上被踹伤。他只能捉住来客的手,禁不住浊泪一涌而出:"我在三个地方任职为官,前后干了十多年呵,没想到……没想到只有你今天来看我。"

"你不要动,不要动,就这样好。"玉和让对方坐稳。

"上茶——"老邱凶猛地表示客气。

一个小女孩儿赶忙来招待客人,但揭开热水瓶的盖,发现里面没有水;从井边提来半壶水,发现火柴盒又空了;好容易从邻居引来火,又发现小铁筒里已无茶叶。看到这场忙乱,玉和轻轻地叹了一口气。

他喝着一碗白水,见小女孩儿靠两张凳子相叠,爬到小阁楼上去写作业。"这么爬上爬下好危险,你不给她打一张楼梯?"

"早就拜托了人,都一个多月了,人家也没个回音。"

"怕是木匠没空吧?"

"没空?我算是明白了,世态炎凉呵,

墙倒众人推呵。如今我成了王八蛋,还有什么人情面子?"

"这事好说,包在我身上。"

"麻烦你?不用,不用,我自己会想办法。"

"你啰唆什么?五天之内,保你有楼梯用。"

"哎呀呀……"天保眼里闪着泪花,"那也好吧,到时候我给你算钱。"

"钱?你要说钱?那这事就不能谈了。我吃饱了没事干呵?要赚你这几个臭钱呵?算了,你另求高明吧,我也没得空。"

鼻涕声更响亮,天保再一次紧握来客的手,嘴巴张开了两三次,像一再慎重挑选词句,要说出激动和重要的什么话来。

玉和等着,等着,等着呵等着,甚至等得自己怦怦心跳,一心等到对方最应该说出的那句话,等着云开雾散阳光灿烂的美好。但不巧的是,小女娃偏在这要命的时候问父亲一个字,又问一个题。这事刚消停,主人的老婆又下班回了家,于是天保的口舌胡乱支应离题万里,让玉和暗暗叫苦。

主妇见家里有客人,顾不上一身灰土,忙去买了一条鱼,打回一瓶酒,留客人吃晚饭。豆豉大蒜烩鱼的香味很快在窝棚里弥漫开来。天保揭开热气腾腾的汤盆,喜滋滋地说:"来来来,吃!"

"你吃。"

"你吃。"

"你先来。"

"你吃嘛吃嘛吃嘛。"

"你来嘛你来嘛。"

推让三番五次,天保嗓门越来越大,见客人还是怯怯地往后缩,竟急红了一张脸:"你到底吃不吃?"见客人呆呆的,更是气不打一处来,端起鱼盆往地上咣当一砸,"不吃就不吃,不吃了不吃了不吃了!"

他气呼呼地摸火柴抽烟,吓得玉和差一点儿翻下椅子,面色惨白,不知所措。好容易看清眼下的局面,玉和只得先安抚哇哇大哭的女娃，又与主妇争着去在地上救鱼，争着用扫把和抹布清理污秽。幸好装鱼的是铝盆，没砸破。主妇回头将鱼用清水漂一漂，略加油盐，还能上桌。

"你急什么急？人家这不是在吃吗？"主妇把筷子重新塞到丈夫手里。

一顿回锅鱼吃下来，邱犯天保还是喝醉了，脖子都红红的，哭出一把鼻涕一把泪，先是骂法院判决不公，接着骂自己脑子里长草，再骂某人落井下石，骂某人见风使舵，骂某人皮笑肉不笑，骂某人明明输了棋偏不认账……都是一些玉和不知头也不知尾的事，让他接不上话。只有妈那个×妈那个×妈那个×一类口白，"你小子""我老子"一类前缀，玉和倒是听得耳熟。

玉和不再说话，只是一听对方说"吃"就赶紧操作筷子和嘴巴，全身紧张一直持续到欠身告辞而去。

四天之后，一张小楼梯就由玉和求村里的木匠打好，托拖拉机手捎去县城。据说那楼梯又光洁又结实,长短恰到好处,还有防滑倒的挂钩,显然是来自一种用心的观测。邱家人见了喜不自禁。

但玉和再也没有去过那一家。有时捎去一包茶叶,有时捎去半袋豆子,这点人情倒是有的,但他不愿再进那张门。日子久了,熟悉他的人才得知,他无非是嫌邱家缺文少墨,不遵礼数。做女儿的不会叫人,是个哑巴吗?当主妇的在客人面前穿短裤,白花花的肉晃来晃去,天气再热也不能如此不成体统吧?再说吃饭,主先客后,这是规矩,就算是吃碗老萝卜烂白菜也得讲究的,为何推让几下你就要瞪着眼睛砸碗?你拷问犯人呵?你痞子闹场呵?真是莫名其妙——人家客方一个肚子是来装饭的还是来装气的?一餐饭下来没长肉还要吓得掉肉呵?

最后一个捎豆子的人回来时说,邱天保已经搬家。相关的好消息是,因为不少群众一再上书,法院重审案件之后终于对邱天保改判。这家伙命好,八字硬,居然还得到某个大人物的赏识,虽写下一份深刻检讨,但最近被提拔为副县长了。

听到这事,吴先生点了点头。

"你不高兴吗?"传信人觉得对方还应该有更多表情。

吴先生提着牛鞭出门:"高兴什么?这家伙,落难惹人怜,得势遭人嫌。"走出地坪好远又在柳树林那边扔过来一句:"你们看吧,他那张嘴巴又会变成大屁眼,到处喷屎喷尿,哪个受得了?"

邱副县长是否到处喷屎喷尿,不得而知。不过他当然不会忘记玉和,据说很快就捎话来,邀他去县城走一走,请他去看什么大戏,接他去赏什么灯会,但他充耳不闻,就当没这回事。有一次,副县长在路上见到他,远远就要司机停车,热情万丈地迎上来,但他借口手上有泥水,没接住对方伸过来的手,自始至终也只是点点头,或者摇摇头,不咸不淡地支吾一下。

老伴儿事后埋怨他:"事情过去就过去

了。你们这对冤家也结得不容易。照我说,冤仇宜解不宜结,得饶人处且饶人嘛,你呀……"

没料这句话引发玉和的勃然大怒:"我又不是个疯子,凭什么要握手?凭什么要应答?"

"他问问你有什么困难,怎么说也是好意吧?"

"困难?我最窝心的困难,他装模作样不知道?"

"他可能……真是忘记了?"

"这种事都能忘记?那他就更不是个人!"

老伴儿吓得舌头一伸,再也不敢接话。

一天,四五个乡干部一齐来到玉和的地头,见两口子栽瓜秧,就这个帮忙点粪,那个帮忙覆土,另有人大张旗鼓地砍树枝扎棚架,"吴伯""吴爹""吴先生"一类叫得特亲热,递烟点火一类动作也让人应接不暇。他们无事不登三宝殿,其实是想接先生去县城走一遭,帮他们去拉拉关系,解决乡政府旧楼改造的资金问题。照他们说，这四乡八里就吴伯面子最大——不然邱副县长为何三天两头就要问到他吴玉和？他雪中送炭青松傲雪慧眼识英雄的感人事迹谁个不晓？

玉和一直不吭声，最后冷冷一笑："我是三岁娃娃吧？你们还要我去找那个王八蛋，不是偏偏要踩我的痛脚？"

众人吓了一跳，面面相觑。黄乡长怯怯地问："你说哪个是王八蛋？"

"你们说哪个，我就是说哪个。"

"这就怪了。前……前……你与他不是来往最多吗？在他最倒霉的时候……这可都是邱副县长自己说的。"

"那是我看在他落难。"

"吴伯，这我们就不懂了：一面破鼓，补它是你捶它也是你？"

"有什么不好懂呢？桥归桥，路归路，一码归一码。他蒙冤落难，我要行公道。他伤我太深，是亏了私德。懂不懂？公道与私德是两笔账。诸葛亮气死周瑜和哭吊周瑜也是两笔账。我吃了五十多年的干饭，连这个账都算不清？"

众人说不过他，甚至听不懂什么诸葛亮的账。另一个干部只好苦着脸另找话头："吴伯，你就算是帮我们一个忙吧。你看我们那个办公楼，实在破得像个猪窝了。昨天一下雨，我在房里摆三个桶子接漏水呢。老鼠天天在我头顶上打架。你老人家菩萨心肠，大人大量，德高望重，对我们全乡的发展建设功勋卓著！这样吧，你老人家消消气。到时候我们在城里最好的酒馆摆上一桌，你与人家老邱相逢一笑泯恩仇，往事一笔勾销……"见玉和一张苦瓜脸正在转暗变黑，又赶忙顺着来："哦，当然啦，都按你老人家的要求办，人家邱副县长肯定有个说法。是不是？我向你保证，事情一定圆满解决。今天我一个脑袋赌在你这里……"

"这关你们什么事？"玉和把来人的一张张脸盯过去。

"我们不就是要促进团结嘛……"

"在酒馆里搞团结,我娘听得到?我娘有这么长的耳朵?"玉和哼了一声,挑起粪桶径直下坡去了。

大家拍拍脑袋,这才想起一个重大疏失:玉和老娘的坟头在这里——既然事情因她而起,当然就得在这里了结,酒馆里再圆满再伟大的团结也是锣锤没打在锣上,不合吴伯的章法。

日子就这样过着,有晴有雨有暖有寒地过着。又一个冬天到来了。村里遭遇一次山火。那天风太大,烈焰横蹿,火团远跳,几乎逢路过路逢溪过溪一往无前。离火舌还十几丈远的林子,哪怕隔着荷塘或地坪,一眨眼就由绿变黄和由黄变黑然后噼噼啪啪自燃,把在场者都吓得差点儿尿裤子。谁也没见过这么疯魔的火,不知道如何对付。玉和的儿子就是在火场差点儿丢了小命,黑乎乎的一团送到医院时,冒出皮肉焦糊的气味。

听说儿子需要清创、消炎、植皮等费用两三万,母亲几天来以泪洗面。玉和赶到医院时，女人告诉他很多人都来看过了，其中包括乡干部和邱天保，都在着急钱的事。

玉和忙着倒水和打饭，又去上厕所，好像没听到。

女人吞吞吐吐地说，邱天保还批了一张条子，要县民政局特事特办，参照抢险抗灾英模待遇，给伤者家庭补助一万元。

玉和愣了一下，接过纸条看看，顺手撕成碎片，扔到地上还踩一脚。"无聊！无聊——"他冲着墙角瞪眼睛。

"你要死呵？"女人大惊，忙不迭地捡起碎片，"你挨千刀，你下油锅呵——这是什么时候？你还称什么大？赌什么气？耍什么横？"

"你也不看看，什么狗屁字？猪蹄子戳的？狗爪子挠的？"

"你抠什么字？你的字是比他的写得好，但你的字不值钱。"

"还有脸当干部。就是给我当学生，我也要打烂他的手板。"

"没见过你这号人,山穷水尽了还酸,你就是孔夫子又怎么样?"

"错别字也太多了吧?太无聊了吧?"玉和仍是一根筋,想起了更可气愤的,是纸条上儿子吴懿风的名字居然也被写错。"还'一风'呢,哪来的吴一风?他怎么不写成一级风、二级风呢,气象预报呵?他怎么不写成东风、南风、西风呢,打麻将呵?就他这水平,把政府的脸丢尽了,只配去发酒疯!"

"人家可能是没记住,或者觉得那个字难写……"

"列祖列宗在上,我吴家从来没有野崽子。吴懿风就是吴懿风,上了谱的,入了帖的,行不更名坐不改姓。我吴家再穷也不能去拿人家的钱!"

"怎么是人家的钱?不就是一个字嘛,总不会比我儿的一条命……"女人嘴一歪,哭着夺门而去了。

吴玉和翻了翻医院账单,摸摸衣袋,挠挠脑袋,只能出门去卖血。发现儿子连肉汤都喝不上,连鸡蛋都吃不上,当娘的更是餐餐靠酱巴下饭,他更知形势的严重性。他总不能指望老伴儿去垃圾堆里捡烂菜叶吧?不过他年纪偏大,个头瘦小,面相还丑陋,被采血的护士皱着眉头瞥了两眼,当歪瓜劣枣打发出门。他想了想,只得坐车来到一个小镇医院,找到一个当医师的亲戚,算是走后门通融,偷偷卖出了红色液体——那里有个病危者正好需要这种血型。"你们肯定还有病人!是不是?肯定还会有难产的、中风的、撞车的、跳楼的、闹癫痫的……"他捏着钞票还不愿走,一个劲地纠缠这个或那个医生,恨不得这一刻有千万人大祸临头,都抬进急诊室,都气息奄奄,都急需他价廉物美的鲜血。不用说,他望眼欲穿也没有等到这种奇观,倒是自己几乎被亲戚轰出了院门。

他这才感觉自己有点儿头晕,两脚如同踩在波浪上,周围一切飘忽不定。扶墙歇一会儿以后,他喘口气再走,差一点儿撞到树。有位路过的熟人发现他脸色不好,问是不是要用脚踏车驮他一程。他缓缓地摇手，说自己不过是想赏一赏风景，不过是在等一个朋友哩，不急着走，不急的。

他其实很想叫住那个骑车人，请对方帮一把，但不知为什么话到了嘴边又咽回去，还是咬紧牙继续观赏美丽秋色。

儿子出院回家后，身上虽有几块疤，但行走什么的已无大碍，让全家人松了一口气。"不吃嗟来之食，饿死了吗？饿死了吗？"玉和对这种结局兴高采烈，冲着儿子问一句，冲着老婆问一句，冲着邻家的鼻涕娃娃也问一句，问得他们都迷迷瞪瞪，然后面对门外的重叠山峰摆上一碗谷酒，好好地豪壮了一番。不过，治伤所欠下的债，以后得慢慢偿还了。从这一天起，这一家不开电灯，晚上能摸黑就摸黑。这一家也不用肥皂，洗衣时只用草灰或茶枯凑合。玉和豪壮地戒了酒，不买烟，胶鞋换成草鞋，皮带换成草绳，成天着装像个叫花子，在务农之外寻找一切挣钱的生计。他以前从来不去屠房的，总觉得那血淋淋的砍杀，嗷嗷嗷的惨叫，实是不仁，实在戳心，但现在也不能不硬着头皮去那里帮着操刀行凶。他以前从不挖坟砖的，即便是挖一些无主的野坟，死者为尊，虽殁犹存呵，后人岂能咣咣当当地打砸抢烧横加欺凌？但眼下的青砖值钱，卖一口就赚两角哩，他也不得不寡廉鲜耻地扛着锄头混入小人行列。最后，他还跟着后生们上山倒树。一个年过半百的老汉，还经过多次卖血，在根本没有路的陡坡上和密林里蹿上蹿下钻来钻去，被马蜂刺，被树刺扎，被毒草割，被风雨淋，一张沾有青苔和泥沙的脸经常像恶鬼，落在水潭里吓自己一大跳。

他手捧清水洗了几把，才在水面倒影中辨出自己的苦瓜脸，兴之所至，还随口吟出一联："人面兽心方可恨，兽面人心又何妨？"

他那干瘦如钉的两条腿越来越哆嗦和晃荡了——终于有一天，他突然觉得肩头重量消失，膝盖和腰身忽然舒坦，阳光明亮耀眼，山风鼓荡爽身,整个身体有一种飘起来、浮起来、飞起来的感觉,有一种浮游在五彩天宫里的自在逍遥。

这才是人过的好日子呵——他差一点儿笑了起来。

其实他是在村民们的大声惊呼中,一失足便连人带树坠下山崖。几只鹧鸪在那个落点的周围大叫着绕飞不已。

落物惊起一大群金色蝴蝶,如一朵灿烂浪花升起来,然后缓缓地溅散。

村里人在谷底找到他的时候,发现他嘴巴、鼻孔、眼眶、耳穴里都流血,手腕已无脉跳,全身正在变冷。玉和,玉和伯,玉和爹……大家的喊声撕肝裂肺,然后在村里引发一阵阵炸响的鞭炮。家人们哭嚎着,发现他手冷如铁,只得赶紧给他洗身与换衣——据说尸体僵硬后就不方便这样做了。

遵照他以前有过的交代,丧事一切从简,比如道场和傩戏是断断不可。但有些规矩则不得马虎:儿孙晚辈一定要跪着守灵,白豆腐和白粉条一定要上丧席，香烛一定要买花桥镇刘家的——那一家的质量最好，祭文一定要出自桃子湾彭先生的手笔——那是死者生前最为知心的文友。出殡的队伍还一定要绕行以前的两个老屋旧址——死者在那里度过几十年，必须向熟悉的土地和各类生灵有最后一别。

入殓前，儿子发现父亲大睁双眼，目注苍天，不论亲人如何揉，如何搓，如何抹，眼皮也只是半闭。他的牙关紧紧咬住，咬出了一个宽宽嘴型，咬得腮帮微微鼓起，整个一张脸有些扭曲和张扩，活生生一个怒不可遏上阵打架的模样，让身旁人无不想起佛庙门前的怒目金刚。

是不是人家欠了他的粮？是不是他欠了人家的钱？……人们悄悄议论。只有家人最明白他的心事。儿子凑在他耳边大声喊："爹呵，爹呵，那个人已经来过了，已经给你赔不是了，你就放心去吧……"

金刚还是紧紧盯住屋梁，时刻准备出手。

"爹呵,爹呵,他实在是太忙了,但已经写来了条子,打来了电话,这事大家都知道的呵……"

死者依然严阵以待。

儿子拿一块白布盖住死者面孔,但仍然不解决问题。更麻烦的是,白布盖上去不久,有人听到嘎巴嘎巴的声响,若有若无,似在非在,来自左边又来自右边,待大家侧耳细听小心寻找,才发现越来越大的异声其实来自死者,来自他体内各个骨节的暗中发动。人们赶紧揭掉白布,消除这恐怖的声响,在临战者周围吓得一个个脸色发白。村长急得直摇头,说不行不行,玉和爹是什么人?你们想拿一块布打发他?这件事再难也得帮他办实了,不然他如何死得透彻?如何走得顺心?

村长赶忙到村部去打电话。这是一个通讯不太方便的时代。邱天保在省城办事,从滋滋滋喳喳喳的电流声中知道事情原委,不免大吃一惊,依稀想起了十多年前。他连夜赶火车，换汽车，把慢腾腾的火车汽车骂了狗血喷头，差点儿与无精打采的汽车司机打上一架，以至连跑带蹿赶到死者面前，已是天亮时分了。他跌跌撞撞扑向床前，一把抓住死者的手放声大叫："玉和大哥，对不起对不起，我今天是那辆狗屁汽车给耽误啦——"

随他推金山倒玉柱扑通一声跪拜，死者的家人忍不住掩面放声大哭。门外更多的人也跟着抽泣或唏嘘不已。

"我就是邱天保，我在这里给你赔礼，给你娘赔礼——"

人们真真切切听清了这一句。这时，天上突然劈下一个惊雷，震得灵堂烛火慌慌地跳荡，在山谷里激起隆隆回声。顷刻之间大雨也狂泻而至，在门外拍过白花花的一浪浪雨雾，又把一团团雨雾送入门内。据说死者就是在这一刻牙关松弛，欣然闭目，隐隐呼出最后一丝气息，眼角还神奇地挂上了一滴泪。

有人偷偷地笑了，说这就好，这就好，

生要晴日亡要雨日,老天也在陪着他放声一哭呢。

2009年8月

* 最初发表于2009年《北京文学》杂志,2009年获《小说选刊》年度优秀作品奖,2011年获《北京文学》优秀作品奖、《小说月报》年度优秀小说奖。